Die gute Zeit ist nah

Die gute Zeit ist nah

24 Geschichten im Advent

benno

Bibliografische Information der Deutschen Nationalbibliothek
Die Deutsche Nationalbibliothek verzeichnet diese
Publikation in der Deutschen Nationalbibliografie;
detaillierte bibliografische Daten sind im Internet unter
http://dnb.d-nb.de abrufbar.

Besuchen Sie uns im Internet:
www.st-benno.de

Gern informieren wir Sie unverbindlich und aktuell
auch in unserem Newsletter zum Verlagsprogramm,
zu Neuerscheinungen und Aktionen.
Einfach anmelden unter www.st-benno.de.

ISBN 978-3-7462-3794-7

Zusammenstellung: Volker Bauch, Leipzig
Umschlaggestaltung: Ulrike Vetter, Leipzig
Gesamtherstellung: Kontext, Lemsel (A)

Inhaltsverzeichnis

Warten auf Weihnachten

David Henry Wilson

„Das Dumme an Weihnachten", sagte Jeremy James, „ist die Zeit dazwischen."
„Wozwischen?" fragte Mama – sie behängte gerade den Weihnachtsbaum mit Lametta.
„Zwischen irgendwann und Weihnachten", sagte Jeremy James. „Zum Beispiel zwischen heute und Weihnachten. Wenn nichts dazwischen wäre, hätten wir jetzt Weihnachten und ich brauchte nicht auf meine Geschenke zu warten."
„Au!", sagte Papa, der eine Nadel in eine Papiergirlande und in einen Daumen gesteckt hatte. „Verdammte Stecknadeln! Gehen nie dahin, wo man sie hinhaben will."
Es war noch schrecklich lange hin bis Weihnachten – genau eine Woche. Draußen sah die Welt wie ein riesiger Geburtstagskuchen aus, mit Puderzuckerschnee, Kerzenbäumen und Kandishäusern bedeckt. Die Leute auf der Straße waren ganz vermummt, man sah nichts als ihre roten Backen, ihre glänzenden Augen und ihren Dampfatem. Drinnen war es mollig warm. Mama hatte

die Zwillinge gebadet und gefüttert, das Haus geputzt, Mittag gekocht und den Weihnachtsbaum geschmückt, während Papa sich mit dem Aufhängen einer Papiergirlande beschäftigt hatte. Papiergirlanden waren sehr schwer aufzuhängen. Besonders, wenn Papa sie aufhängte. Sie schienen einen richtigen Dickkopf zu haben, wenn Papa sie aufhängte: Wenn er ein Ende an der Wand befestigt hatte, schlang sich das andere um seinen Arm und seinen Hals, so dass er es nur entwirren konnte, indem er das Ende, das er schon befestigt hatte, wieder rauszog, aber wenn er es abgemacht hatte, schlang es sich um seinen anderen Arm, und schließlich musste er die Papiergirlande in der Mitte zerreißen, um seine Arme wiederzufinden. Papa konnte Papiergirlanden nicht leiden, und wahrscheinlich mochten die Papiergirlanden Papa auch nicht besonders.

„Mama", sagte Jeremy James, „Papa lutscht wieder am Daumen."

„Wir müssen wohl noch ein Pflaster draufkleben", sagte Mama.

„Die Nadel ging glatt durch", sagte Papa. „Noch einen Millimeter und ihr hättet mich in eine Schmetterlingssammlung aufnehmen können."

„Na", sagte Mama, „hoffentlich erholst du dich rechtzeitig, damit du diese Papiergirlande noch vor Weihnachten aufgehängt kriegst."

„Wie lange ist es noch bis Weihnachten?", fragte Jeremy James.

„Genau zehn Minuten weniger als letztes Mal, als du danach fragtest", sagte Mama. „Eine Woche, mein Junge. Sieben Tage und sieben Nächte."
„Ich glaube nicht, dass ich so lange warten kann", sagte Jeremy James. „Weihnachten müsste früher kommen."
„Du kannst deine Geschenke morgen haben, wenn du willst", sagte Papa. „Bloß, du wirst dann wohl nächste Woche enttäuscht sein, wenn alle anderen ihre Geschenke bekommen und du nichts."
„Du kannst deine auch morgen haben", sagte Jeremy James.
„Nein, danke", sagte Papa. „Sonst feiern wir Neujahr mit Ostereiern."
Jeremy James konnte es kaum erwarten, Mama und Papa ihre Geschenke zu geben. Er wollte sie ihnen fast so gern geben, wie er wollte, dass sie ihm seine gaben. Er hatte eine Ewigkeit gespart und sich sehr viele Gedanken über die Geschenke gemacht, und er hatte sie heute ganz allein im Süßwarenladen an der Ecke gekauft. Jetzt waren sie an einer sehr geheimen Stelle versteckt, wo nie jemand auf die Idee kommen würde nachzusehen: unter seinem Bett. Es waren zwei Geschenke – das eine war eine bunte Schachtel Lakritzbonbons mit einem Rotkehlchen obendrauf und das andere eine dicke Tafel Schokolade mit dem Weihnachtsmann drauf. Die einzige Schwierigkeit, die Jeremy James bei diesen beiden geradezu idealen Geschenken hatte, war zu entscheiden, wer was kriegen sollte. Er konnte

sich gut vorstellen, wie Mama die bunte Schachtel aufmachte und sagte: „Hier, Jeremy James, nimm ein Lakritzbonbon." Aber er konnte sich ebenso gut vorstellen, wie Mama die Schokolade durchbrach und sagte: „Hier, Jeremy James, nimm ein Stück Schokolade!" Andererseits hörte er geradezu, wie Papa sagte: „Jeremy James, hier hast du ein paar Lakritzbonbons." Aber Papa würde natürlich auch sagen: „Hier, Jeremy James, iss ein bisschen Schokolade!" Es war wirklich eine *sehr* schwierige Entscheidung.

Mamas Weihnachtsbaum sah immer mehr aus wie ein verzauberter Wald, und Papas Papiergirlande sah immer mehr aus wie Konfetti. Vielleicht war es am besten, sich auf Mama zu konzentrieren. Zwei Dinge wollte Jeremy James *zu* gern wissen: Würde Mama lieber Schokolade oder Lakritzbonbons haben wollen, und was wird Jeremy James zu Weihnachten kriegen? Für Mama waren das ganz leichte Fragen, aber Jeremy James wusste aus Erfahrung, dass Erwachsene Fragen nicht so gern beantworten. Zum Beispiel hatte er Mama mal gefragt, wie die Zwillinge in ihren Bauch gekommen waren, und da hatte sie es ihm nicht gesagt, obwohl sie es genau gewusst haben musste, denn es war ja schließlich *ihr* Bauch. Und Papa hatte er mal gefragt, wie viel Geld er hat, und er hatte es ihm auch nicht gesagt, obwohl er es gewusst haben muss, denn es war ja schließlich *sein* Geld.

Und an einem Sonntag hatte er sie mal gefragt, ob

Jesus im Wohnzimmer sei, aber sie hatten ihm nicht geantwortet, obwohl sie es gewusst haben mussten, denn es war schließlich *ihr* Wohnzimmer. Erwachsene sind sehr schnell bei der Hand, wenn es darum geht, etwas zu fragen, zu befehlen oder zu verbieten oder einen anzutreiben, aber wenn man mal eine Antwort von ihnen will, können sie *sehr* umständlich sein. „Mama", sagte Jeremy James und spielte geistesabwesend mit seinem Zeh und einer Stechpalmenbeere, „was findest du besser – Schokolade oder Lakritzbonbons?"

„Ich finde beides gut", sagte Mama.

„Ja, aber was ist besser?", sagte Jeremy James.

„Manchmal Schokolade und manchmal Lakritzbonbons", sagte Mama. „Kommt drauf an, wie ich mich fühle."

„Wie fühlst du dich meistens?", sagte Jeremy James.

Mama dachte lange und angestrengt nach. „Nachmittags Lakritzbonbons", sagte sie, „und abends Schokolade." Erwachsene können einem manchmal wirklich auf die Nerven gehen.

Jeremy James machte noch einen Versuch.

„Und wie ist es morgens?", sagte er. Aber er wusste schon, bevor sie geantwortet hatte, dass sie sich irgendwie herausreden würde.

„Morgens", sagte Mama, „habe ich überhaupt keinen Appetit auf Süßigkeiten."

Jeremy James trottete zu Papa.

„Papa", sagte er, „was magst du lieber – Schokolade oder

Lakritzbonbons?" Papa schien sehr erfreut zu sein, Jeremy James zu sehen, und er hörte sofort auf, an der Papiergirlande zu arbeiten, um über diese Frage nachzudenken. „Hm", sagte er, „ich mag Schokolade lieber als rosa Lakritzbonbons mit Schwarzem in der Mitte, aber ich mag schwarze Lakritzbonbons mit Weißem in der Mitte lieber als Schokolade. Im Großen und Ganzen, alles in allem gesehen, grundsätzlich würde ich wahrscheinlich sagen, dass es sich ungefähr die Waage hält."
Jeremy James' Gesicht wurde so lang wie der Bart des Weihnachtsmannes. „Was magst *du* denn lieber?", fragte Papa.
Jeremy James' Gesicht wurde wieder kürzer. „Ganz einfach", sagte er, „beides."
Mama war jetzt mit dem Weihnachtsbaum fertig, er funkelte wie Diamanten und Smaragde. „Ich helfe dir jetzt mit diesen Papiergirlanden", sagte sie zu Papa.
„Danke", sagte Papa. „Verflixte Dinger. Allein werde ich damit einfach nicht fertig."
„*Du* nicht", sagte Mama, mit starker Betonung auf dem *Du*.
Jeremy James steckte die Hände in die Taschen und trottete zur Wohnzimmertür. Seine erste Frage war in der Tat alles andere als beantwortet worden, und es schien wenig Zweck zu haben, die zweite zu stellen. „Wart nur ab", würden sie sagen, oder: „Heiligabend wirst du ja sehen" Aber im letzten Moment entschied er sich doch noch zu fragen.

„Was kriege ich zu Weihnachten?", sagte er.
„Wart nur ab", sagte Papa.
„Heiligabend wirst du ja sehen", sagte Mama.
Erwachsene sind wirklich leicht zu durchschauen.
Und Papa zeigte Mama, wie Papiergirlanden aufgehängt werden *sollten*, und dann zeigte Mama Papa, wie Papiergirlanden aufgehängt werden *können*. Jeremy James ging aus dem Zimmer, die Treppe hoch. Er warf einen Blick in das Zimmer der Zwillinge, aber Christopher und Jennifer schliefen beide fest, und selbst wenn sie nicht fest geschlafen hätten, hätten sie ihm nicht helfen können. Babys waren ziemlich nutzlos. Alles, was sie konnten, war essen, schlafen, schreien und Bäuerchen machen. Und die Windeln voll machen. Babys waren, jedenfalls was Jeremy James anging, totale Nieten. Er konnte nicht begreifen, warum die Erwachsenen so viel Aufhebens um sie machten.
Jeremy James ging in sein Zimmer, kniete sich hin und holte zwei Päckchen unter dem Bett hervor. Kein Zweifel, es waren *sehr* verlockende Päckchen, und schon wenn man sie nur ansah, lief einem das Wasser im Mund zusammen. Wenn man aber erst den Inhalt des Päckchens sah, lief einem noch viel mehr Wasser im Mund zusammen. Mama und Papa würden Weihnachten wirklich *sehr* verwöhnt werden. Mehr als mit Schokolade und Lakritzbonbons konnte man einfach nicht verwöhnt werden. Außer natürlich, wenn etwas nicht in Ordnung war mit der Schokolade oder den Lakritz-

bonbons. Zum Beispiel könnten die Schokoladenfritzen ja unglücklicherweise aus Versehen einen Holzklotz eingepackt haben, und die Lakritzkerle könnten ja aus Versehen die Schachtel mit Kieselsteinen oder Murmeln gefüllt haben. Solche Sachen passieren manchmal. Mama hatte mal ein Stück Bindfaden in der Suppe gefunden, und Papa fand immer kleine Insekten im Rosenkohl, und wenn die Suppenonkels und die Rosenkohlheinis solche Schnitzer machen können – wer weiß, wozu dann die Schokoladenfritzen und Lakritzkerle im Stande sind. Es war auf jeden Fall sicherer, man überzeugte sich davon, was *in* den Päckchen war.

Innen in dem Schokoladenpapier war Schokolade. Dicke, dunkle, weiche Schokolade, mit Rillen zwischen den Vierecken, wo man abbeißen konnte. Jeremy James hätte zu gern gewusst, ob die Schokolade auch so gut schmeckte, wie sie aussah. Vom Aussehen konnte man nie auf den Geschmack schließen. Zum Beispiel, als Jeremy James vor ein paar Wochen Husten hatte, gab ihm Mama eine Flasche mit einer wunderbar aussehenden roten Flüssigkeit darin, aber die wunderbar aussehende rote Flüssigkeit hatte brrks, grrks geschmeckt, und er hätte sie ausgespuckt, wenn man ihn nicht gezwungen hätte, sie runterzuschlucken. Nein, man konnte nie sicher sein, dass gut aussehende Sachen auch wirklich gut schmeckten. Die einzig zuverlässige Methode bestand darin, selber auszuprobieren. Man konnte ja das Silberpapier wieder glatt streichen, damit nicht auffiel, dass etwas fehlte … Und sowieso würde keiner merken, dass in der Schachtel zwei oder drei Lakritzbonbons fehlten, weil ja die anderen Lakritzbonbons zusammenrollen und die Lücke schließen würden … Die Schokolade und die Lakritzbonbons schmeckten wirklich ausgezeichnet, jedes Stück und jedes Bonbon. An jenem Abend, genau eine Woche vor Weihnachten, hatte Jeremy James schlimme Bauchschmerzen. Niemand sonst in der Familie hatte Bauchschmerzen, aber – wie Papa sagte – Jeremy James konnte sich ja irgendwo was geholt haben. Gott sei Dank war er nach ein paar Tagen wieder quietschfidel, aber Papa und Mama stellten jetzt öfter einen besorgten Gesichtsausdruck bei Jeremy James fest, und zwar besonders immer dann, wenn die Rede auf die Weihnachtsgeschenke kam. Aber am Heiligen Abend war das sorgenvolle Gesicht endgültig verschwunden, und Jeremy James konnte gar nicht mehr aufhören, von den Weihnachtsgeschenken zu reden. Er konnte es nicht mehr erwarten, seine Geschenke zu bekommen, und er konnte es nicht mehr erwarten, *seine* Geschenke zu verteilen, und er wünschte, die Zeit verginge schneller, und er würde heute Nacht nicht schlafen, sondern auf den Weihnachtsmann warten, und er hätte zu gern gewusst, was der Weihnachtsmann ihm wohl bringt und ob Mama und Papa wohl wussten, was Jeremy James für sie hatte? Er könnte es ihnen jetzt sagen, wenn sie wollten. Er hätte auch nichts dagegen, wenn sie ihm sagten, was er kriegt. Er hätte nichts dagegen, seine Geschenke jetzt sofort zu verteilen *und* zu bekommen. Was, erst morgen? Meinetwegen, dann eben morgen. Aber wenn morgen nun nicht kommt?

Morgen kam, und es wurde das beste Weihnachten aller Zeiten. Der Weihnachtsmann hatte einen ganzen Berg Äpfel und Apfelsinen und Bilderbücher und Spielsachen und Süßigkeiten in Jeremy James' leeren Kopfkissenbezug gesteckt, und für die Zwillinge hatte er auch noch Spielsachen und schöne Anziehsachen gebracht, und als Jeremy James runter ins Wohnzimmer ging – mit dem glitzernden Baum und den fest angebrachten Papiergirlanden sah es wie ein Märchenland aus –, fand er unter dem Baum ein riesiges Paket. In dem Paket steckte ein funkelnagelneues Dreirad, mit Klingel *und* Satteltasche. Aber die ungewöhnlichsten Geschenke waren die Geschenke, die Jeremy James seiner Mama und seinem Papa gab. Für Mama hatte er eine schöne Schachtel mit einem hübschen kleinen Rotkehlchen obendrauf. Innen drin waren ganz viele Kieselsteine, die Jeremy James sorgfältig von den Gartenwegen aufgesammelt hatte. Und für Papa hatte er ein schönes Päckchen mit einem lächelnden Weihnachtsmann obendrauf und Silberpapier darunter, und innen drin war ein wunderhübscher Holzklotz (aus Papas Werkzeugschuppen) mit einem Bild von Papa drauf, eigens von Jeremy James gemalt. Und obwohl

Mama ein kleines Geräusch machte, das so ähnlich wie „Hmpf“ klang, als sie ihre Schachtel und Papas Paket sah, lächelten Papa und Mama sich doch an, gaben Jeremy James einen dicken Dankeschönkuss und erklärten übereinstimmend, dass es sich ohne jeden Zweifel gelohnt hatte, auf diese Geschenke so lange zu warten.

Schneekristall

Andreas Knapp

Draußen begann es zu schneien. Sie stand am Fenster und starrte in das diffuse Licht, in dem dicke Flocken wild durcheinanderwirbelten. Gedanken und Erinnerungen jagten durch ihren Kopf und ihr wurde dabei schwindlig. Es war aus. Wieder einmal.
Katja drehte sich um und schaute Mike ins Gesicht. Der zündete sich eine Zigarette an und nahm einen tiefen Zug. Katja war schwindlig zumute.
„Gut … Wie du willst … Ich gehe …“
Drei Jahre hatte sie mit Mike zusammengelebt. In den letzten Monaten war es schwieriger geworden. Sie hatte sich nicht viel dabei gedacht. Jetzt aber wusste sie es: Mike hat eine andere. Ganz cool und lässig hatte er es ihr gesagt. So wie man jemandem mitteilt, dass heute keine Zeitung im Briefkasten war.
Äußerlich blieb Katja gefasst. Mit versteinertem Gesicht hatte sie sich umgedreht und zum Fenster hinaus gestarrt. Nur keine Tränen zeigen. Mike sollte sie jetzt nicht weinen sehen.
Katja ging zur Tür.

„Ich suche mir eine Wohnung und dann hole ich meine Sachen."
„Und wo wirst du heute übernachten?"
Die Stimme von Mike klang sachlich und kühl.
„Du brauchst dich um mich nicht zu kümmern! Ich schaff das schon allein."
Mike zuckte die Schultern und drehte sich zum Fenster, während Katja hinausging.
Im Auto war es eisig kalt. Der Wagen sprang sofort an und die Scheibenwischer schoben die Schneeflocken mit einem quietschenden Geräusch beiseite. Katja ließ die Heizlüftung laufen, während sie mit dem Handy bei Birgit anrief.
„Kann ich heute bei dir übernachten?"
„Kein Problem! … Ist irgendetwas?"
„Mike hat mich rausgeworfen. Er hat eine andere."
„Uff! Ja, komm sofort. Aber fahr vorsichtig!"
Katja ließ den Motor aufheulen und fuhr los. Sie war immer noch fassungslos. Warum musste ihr das passieren – und nicht zum ersten Mal? Dunkle Gefühle stiegen in ihr auf, während sie die Stadtautobahn verließ und auf einer unbeleuchteten Nebenstraße in die Nacht hinausfuhr. Es war fürchterlich, so schnell ausgetauscht zu werden. Schon damals hatte sie schrecklich darunter gelitten, weggestoßen zu werden.
„Wie eine Puppe, die man in die Ecke wirft, wenn man keine Lust mehr hat, mit ihr zu spielen …", murmelte sie halblaut vor sich hin.

„Ich will nicht von heute auf morgen ausgewechselt werden. Einmalig will ich sein!"

Die Landstraße war schmal und kurvenreich. Die Scheinwerfer der entgegenkommenden Fahrzeuge blendeten. Obwohl Katja sehr aufgewühlt war, versuchte sie, ruhig und aufmerksam zu fahren. Nach einer Kurve geriet sie in das volle Scheinwerferlicht eines Lastwagens, der nicht abgeblendet hatte. Einen Augenblick lang sah Katja nichts als die grellen Lichter, die auf sie zurasten. Sie bremste und versuchte ihr Auto ganz rechts zu halten. Plötzlich spürte sie, dass sie mit den Rädern der Beifahrerseite bereits von der Straße abgekommen war. Der Lastwagen befand sich nun direkt neben ihr und sie wagte nicht, das Lenkrad nach links zu korrigieren.

Jetzt ging alles ganz schnell. Ein kurzes, heftiges Holpern über einen gepflügten Acker. Dann überschlug sich der Wagen und kam zum Stehen. Oder doch noch nicht. Katja schaute entsetzt auf einen dunklen Schatten, der direkt auf sie zuraste. Ein Baum. Mit einem Schlag wurde Katja nach vorn und dann wieder zurück gerissen. Im selben Moment ein lautes Krachen und Bersten. Dann Stille.

Katja spürte einen stechenden Schmerz im Rücken und öffnete die Augen. Eine große Schneeflocke schwebte sanft auf die Windschutzscheibe. Von der Landstraße drüben leuchtete ein Autoscheinwerfer herüber. In seinem Licht war die wundervolle Struktur des Schneekristalls zu erkennen.

„Jede Schneeflocke ist einzigartig. Einmalig schön“, flüsterte Katja wie in Trance. Sie nahm noch wahr, wie der Kristall schmolz. Als der Wassertropfen auf der Scheibe langsam herunterkullerte, schwanden Katja die Sinne.
Noch fiel es Katja sehr schwer, sich im Rollstuhl zu bewegen. Der Chefarzt hatte ihr Hoffnung gemacht, dass sie wahrscheinlich wieder ganz normal laufen werde. Bis dahin bräuchte es viel Geduld und wohl auch ein bisschen Glück.
„Wir haben nicht alles in der Hand. Vieles hängt vom Zufall ab.“
Mit diesen Worten hatte er Katja in die Reha-Klinik geschickt.
Auch heute war Birgit wieder gekommen und schob Katjas Rollstuhl über den Bürgersteig zu einem kleinen Café.
„Hat sich Mike gemeldet?“
„Gestern hat er angerufen und gesagt, ich könnte meine Sachen auch noch später aus seiner Wohnung holen.“
„Sonst nichts?“
„Nichts!“
Birgit schüttelte stumm den Kopf.
Im Café sah sie in das tieftraurige Gesicht von Katja, die zu erzählen begann.
„Immer wieder denke ich an den Unfall. Das letzte, woran ich mich erinnere, ist eine Schneeflocke.“

„Eine Schneeflocke?“
„Ja! Als mein Wagen gegen den Baum geknallt war, konnte ich im Scheinwerferlicht der Autos, die auf der Straße stehengeblieben waren, auf meiner Windschutzscheibe eine wunderschöne Schneeflocke sehen. Ich habe irgendwo gelesen, dass jeder Schneekristall einzigartig ist. Ganz einmalig. Verstehst du?“
„Noch nicht ganz ...“
„Als ich die Wohnung von Mike verließ, da fühlte ich mich so austauschbar. Und ich spürte den tiefen Wunsch, einmalig zu sein. Gibt es jemanden, für den ich einzigartig bin?“
Birgit reagierte ganz spontan.
„Für mich bist du einmalig und ganz besonders! Du bist meine beste Freundin und es gibt niemanden auf der Welt, den ich für dich eintauschen würde.“
„Ich glaube dir das. Aber weißt du, Mike hatte das auch einmal behauptet. Und vorher Thomas ... Ich weiß, dass das bei dir anders ist. Und trotzdem ... Ich möchte nicht nur für dich einmalig sein, sondern insgesamt, für immer. Kannst du das verstehen?“
Birgit nickte. Nach einer langen Pause sagte sie:
„Mir fällt ein Lied ein, das wir in unserer Jugendband in der Kirche gesungen haben: Herr, du kennst mich, kennst mich ganz, du weißt um meinen Weg.“
Katja lachte kurz und trocken auf.
„Das ist es ja gerade! Ich kann das nicht mehr glauben.

So vieles, was in unserem Leben passiert, ist doch reiner Zufall. Es ist wie bei der Entstehung von Schneekristallen: Sie sind schön, aber nur zufällig geworden. Oder willst du behaupten, dass Gott alles geplant hat? Hat er dann auch meinen Unfall geplant? Oder dass Mike eine andere hat?"

„Es stimmt, vieles ist Zufall. Und trotzdem … Ich glaube, dass diese Welt Gott nicht gleichgültig ist. Und wenn jeder Mensch für Gott eine Bedeutung hat, dann bist auch du für ihn einzigartig!"

„Das passt doch nicht zusammen. Wenn mein Schicksal von blinden Zufällen bestimmt wird, wie kann man dann behaupten, dass Gott mein Leben in der Hand hat und mich, ausgerechnet mich will?"

„Hm!", seufzte Birgit nachdenklich und schwieg. Dann sagte sie mit leise Stimme:

„Gott überließ die Welt dem Spiel des Zufalls. Und zugleich ist alles, was geschieht, von ihm gewollt. Meine kleine Tochter zum Beispiel. Auch sie ist zufällig geworden. Wir hatten sie nicht geplant. Und auch ihr Aussehen, ihre Augenfarbe, ihr Geschlecht, ihre Eigenschaften, all das verdankt sich vielen Zufällen. Und trotzdem lieben mein Mann und ich sie wie niemanden sonst auf der Welt. Sie ist für uns einmalig. Liebe macht einen Menschen einzigartig. Verstehst du, was ich meine?"

Katja schaute zum Fenster und ihr Blick schien sich in unendlichen Fernen zu verlieren.

„Einzigartig sein. Und von Gott einmalig geliebt werden. Wenn ich daran wieder glauben könnte …“
Ihr Gesicht entspannte sich und die Sorgenfalten auf ihrer Stirn glätteten sich ein wenig. Draußen begann es zu schneien.

Alle Jahre wieder

Jörg Buchna

Es würde sein wie jedes Jahr. Er hatte sich im Laufe der Jahre daran gewöhnt – oder es doch zumindest versucht. Gewiss, da blieb die Erinnerung, dass diese Tage früher einmal ganz anders gewesen waren. Aber, mein Gott, was war früher nicht alles anders gewesen! Nein, er würde sich nicht diesen Gefühlsduseleien hingeben, die wie eine Plage ganze Heerscharen von Menschen regelmäßig in diesen Tagen des Jahres heimzusuchen schienen.

Er hatte sich nichts vorzuwerfen, dass alles so gekommen war, wie es jetzt war. Und selbst wenn – was würde es ändern? Er hatte sich damit abgefunden, so zu leben, wie er lebte. Mochten sich doch die Leute über ihn den Mund zerreißen. Ihm war das gleichgültig. Er fiel jedenfalls niemandem zur Last. Und das war ihm das Wichtigste. Nur kein Mitleid erwecken. Immer schon hatte er sich allein durchs Leben geschlagen. Und so sollte es auch bleiben. Lächerlich geradezu diese Angebote, ihm helfen zu wollen. Er konnte sich doch wirklich noch selbst gut genug versorgen. Sicher,

das Laufen fiel ihm zunehmend schwerer. Auch seine Vergesslichkeit nahm zu, wie er mit gewissem Erschrecken feststellen musste.
Aber das ging Tausenden von Menschen in seinem Alter ebenso. Ach was, Alter. Wenn er an den Schluppach dachte – der war so alt wie er. Und wie sah der aus! Da sah er ja mindestens zehn Jahre jünger aus. Von dem Kempmann ganz zu schweigen. Den konnte man ja kaum noch wiedererkennen. Was war das mal früher für ein gut aussehender Mann gewesen! Warum hatte der aber auch so viel saufen müssen? Gut, dem war auch die Frau weggestorben. Das ist natürlich keine leichte Sache, so etwas. Aber deswegen musste man doch nicht zu saufen anfangen. Hatte er selbst ja auch nicht getan.
War das nun die Wohnungsklingel, die da läutete – oder das Telefon? Sein Gehör war eigentlich noch recht gut. Aber man konnte das wirklich schlecht unterscheiden. Das war zwar ärgerlich. Aber so häufig kam das nun auch nicht vor, als dass es sich gelohnt hätte, da Abhilfe zu schaffen. Wer wollte denn schon noch etwas von ihm?
Es war doch die Wohnungstür. Sollte er überhaupt aufmachen? Vielleicht war das wieder die Frau Saalhofer mit ihrer Spendendose. Die ging ihm mit ihrem Gequatsche furchtbar auf die Nerven. Darum gab er ihr lieber gleich immer ein paar Mark. Sozusagen als Schweigegeld – denn dann war er sie los.

Aber was, wenn die Mahnkesche jetzt vor der Tür stand? Nicht auszudenken. Die wollte ihn immer bekehren. Ausgerechnet die! Ausgerechnet ihn! Was wusste die denn vom Leben! Die kannte doch nur die Sonnenseiten. Und die wollte ihm was von Gott erzählen. Na ja, jetzt, so kurz vor Weihnachten, schien ihr wohl die richtige Zeit dafür zu sein. Aber nicht mit ihm. Er brauchte sich von dieser Schön-Wetter- Maid nichts über den Glauben erzählen zu lassen. Er nicht! Sollte sie ruhig weiterklingeln, die Mahnkesche. Eigentlich eine Unverschämtheit, einen anderen Menschen so zu belästigen. Jetzt fing die doch sogar noch an, gegen die Tür zu pochen. Das grenzte ja schon an Hausfriedensbruch, einen so zu bedrängen. So weit war sie bisher noch nie gegangen. Passte im Grunde auch gar nicht zur Mahnkeschen mit ihrer sanften Tour.
Allmählich ging ihm dies Geklingel und Gepoche doch auf den Geist! Eigentlich sollte man bei so was die Polizei holen. Aber das brachte auch nur wieder Unannehmlichkeiten.
Rief da jetzt nicht jemand? Er stand auf, was ihm sehr, sehr schwerfiel. Er ging, nein, er schleppte sich, wobei er sich an den Möbeln abstützte, in den Flur. Tatsächlich, da rief jemand seinen Namen. Jetzt schon wieder! Nein, sein Name war das ja eigentlich gar nicht. Es war mehr so eine Art Kosename gewesen.
Aber wie lange war das her, dass er diesen Namen zum letzten Mal gehört hatte? Und wie viel andere, schlim-

me, verletzende Worte hatte er aus diesem Mund, der ihn da jetzt rief, nicht inzwischen hören müssen! Gewiss, auch er selbst war keine Antwort schuldig geblieben. „Ich komm ja schon“, hörte er sich wie einen Fremden sagen.

Als er die Tür geöffnet hatte, wünschte ein kleines Kind, das er noch nie zuvor gesehen hatte, mit schüchterner Stimme „Frohe Weihnacht, Opa“. Und eine Frau, der er eigentlich nie mehr begegnen wollte, schob jetzt den kleinen Enkel zu ihm hin.

„Kommt herein“, sagte er leise und nahm dabei das Kind auf seinen Arm, „ihr habt lange genug draußen gestanden.“

„Warten lohnt sich – nicht nur im Advent!"

Henriette und Johannes Kuhn

Advent erinnert uns an etwas, was sozusagen zum Grundbestandteil menschlichen Lebens gehört: Er erinnert uns an das Warten. Freilich, was erwarten wir denn? Manchem mag die Antwort leicht fallen: Das Glück natürlich, was sonst? Wir warten auf Änderung, auf Besserung. Manchmal frage ich mich, ob in dem allem nicht noch ein Schatten von dem ist, was adventliche Erwartung meint. Sie ist der umfassendste Entwurf, der alles, was Erwartung ist, ausmacht. Es geht dabei um nichts weniger als um diese Neue, Bessere, das in der Bibel einmal mit dem Satz beschrieben wird – und da ist das Ganze gemeint: Wir warten auf einen neuen Himmel und eine neue Erde. Manchem mag das utopisch erscheinen. Aber wenn es auch nicht in unsere Vorstellungen so ganz hineinpasst, warum sofort abtun? Auf das Glück von übermorgen zu warten, ist oft nicht weniger utopisch.
Könnte man es nicht einmal ausprobieren mit dieser Art Warten? Freilich, neuer Himmel, neue Erde: Ist das nicht zu weit weg? Mancher mag das meinen. Liegt aber darin nicht irgendwie etwas von der undefinier-

baren Hoffnung, die wir im stillen Winkel unseres Herzens aufbewahrt haben: „Dass einmal alles gut werde?" Warten auf einen neuen Himmel, auf eine neue Erde. Das muss ja nicht heißen: Flucht aus der Gegenwart. Das kann auch heißen: Erinnerung daran, dass die Welt einmal zum Ziel kommt und dass sie eine Zukunft hat. Ich finde, uns fehlt doch heute geradezu der Entwurf einer Welt, die Zukunft hat. Das kann man oft an denen ablesen, die resignieren, die aufgeben, sich selber und ihre Chancen, das Leben zu gestalten. Die damit eine Welt aufgeben, die auf eine neue Erde hinweist, und einen Himmel, der auf eine große Erneuerung hinzielt. Advent will uns ermutigen, nicht aufzugeben. Nicht diese Erde, nicht uns selbst.
Das ist wohl der umfassendste Entwurf für alles, was christliches Warten auszeichnet. Wie sollte es nicht wieder Auftrieb bekommen, Spannung und Ungeduld? Es geht dabei um jene Ungeduld, die an dem Wort Gottes sich entzündet, das von einem neuen Menschen redet und eine neue Welt verspricht. Dass man dabei in eine gewisse Spannung gerät, davon spricht schon Dietrich Bonhoeffer: „Niemand besitzt Gott so, dass er nicht mehr auf ihn warten müsste; und niemand kann auf Gott warten, der nicht wüsste, dass Gott schon längst auf ihn gewartet hat."
Aber weil man das alles nicht mehr so recht zusammenbekommt, darum haben sich jene Stimmen mehr und mehr durchgesetzt, die sagen: Vielleicht ist es doch

ganz anders. Vielleicht ist das die ganze Wirklichkeit: Das leere Grau, das tägliche Auf und Ab, die versiegende Hoffnung, die Enttäuschung. Es ändert sich nichts. Advent sollte uns kühner machen, weil uns das Kommen Gottes aufs Neue sagt, dass er uns voraus ist, uns an jedem unserer Ausgangs- wie Endpunkte schon erwartet. Vielleicht fragt man dann nicht mehr bei jeder Entwicklung, was kommt wohl jetzt wieder auf uns zu? Man wird eher neugierig darauf, wie die Geschichte nach vorwärts drängt und in welchen Formen auf die große Erneuerung hingewiesen wird. Sicher, es ist dann fast eine paradoxe Chance des Wartens, dass die Hoffnung gegen alle Hoffnung wahr wird und recht behält.
Der Advent Gottes jedenfalls sagt uns, es wird nicht ewig so weiter gehen. Wir werden nicht immer die sein müssen, die wir nicht sein wollen. Gott ist auf dem Weg. Er kann neu die Spur seines Kommens in unserer Mitte legen.
Zwar mögen unsere Augen noch suchen, aber die Hoffnung in uns weiß: Er ist unterwegs. Advent so feiern, das könnte uns von den vielen Fragen, Anmerkungen und Kommentaren wegführen zu der einen notwendigen Frage: „Wie soll ich dich empfangen?"
Tatsächlich also, „wie ..."? Wir wissen es nicht mehr so ganz genau. Das könnte aber auch eine Chance sein, das Staunen wieder zu lernen darüber, dass wir mehr bekommen, als wir erwartet – Gott wird einer von uns – uns zu gut.

Advent

Karl Heinrich Waggerl

Advent, das ist die stillste Zeit im Jahr, wie es im Liede heißt, die Zeit der frohen Zuversicht und der gläubigen Hoffnung. Es mag ja nur eine Binsenweisheit sein, aber es ist eine von den ganz verlässlichen Binsenweisheiten, dass hinter jeder Wolke der Trübsal doch immer auch ein Stern der Verheißung glänzt. Daran trösten wir uns in diesen Wochen, wenn Nacht und Kälte unaufhaltsam zu wachsen scheinen. Wir wissen ja doch, und wir wissen es ganz sicher, dass die finsteren Mächte unterliegen werden, an dem Tag, mit dem die Sonne sich wendet, und in der Nacht, in der uns das Heil der Welt geboren wurde.

Für die Leute in den Städten hat der Advent kein großes Geheimnis mehr. Ihnen ist es nur unbequem und lästig, wenn die ersten Fröste kommen, wenn der Nebel in die Straßen fällt und das karge Licht des Tages noch mehr verkürzt. Aber der Mensch auf dem Lande, in entlegenen Tälern und einschichtigen Dörfern, der steht den gewaltigen Kräften der Natur noch unmittelbar gegenüber. Stürme toben durch die Wälder herab und ersticken ihm das Feuer auf dem Herd, er sieht die Sonne auf ihrem Weg von Berg zu Berg krank werden und hinsterben, finster sind die Nächte, und der Schneedonner schreckt das Wild aus seinen Zufluchten. Noch in meiner Kindheit gab es kein Licht in der Stube, außer von einer armseligen Talgkerze. Der Wind rüttelte am Fensterladen und schnaufte durch die Ritzen, das hörte sich an wie der Atem eines Ungeheuers, das draußen herumging und überall schnupperte, einmal an der Wand und dann an den Dachschindeln. Und plötzlich hörte man den Brunnen nicht mehr, da trank wohl dieses nächtliche Tier vom Wasser. Wie gut, wenn ein Licht dabei brannte, gottlob für einen winzigen Funken Licht in der schrecklichen Finsternis!

Der heilige Nikolaus als Weggeleiter

Aus Rumänien

Als wir jung waren, bildeten wir eine Gruppe von sechs oder sieben Mädchen; das war so in den zwanziger Jahren. Und im Sommer machten wir meist einmal, wenn die Ernte vorbei war, eine Wanderung, eine Wallfahrt zu einem der Klöster: Moldovitza, Humor, Putna …
Da ist uns einmal etwas passiert, was wir alle nicht vergessen haben, so lange das nun auch schon her ist.
Wir sind da von Putna übers Gebirge gewandert, und da hat uns einmal ein Mann – wenn ich mich recht erinnere ein Huzule – gewarnt: wir kämen weiter oben auf einen Weg, aber den dürfe man zu dieser Jahreszeit nicht gehen, er führe durch einen verrufenen Wald. Da kämen wir schwer oder gar nicht mehr heraus.
Wir aber haben uns gedacht: wir sind ja eine große Gruppe von Mädchen und wir sind schon oft gewandert und haben uns auch manchmal verlaufen, dann jedoch wieder zurechtgefunden. Und was hätten wir auch sonst schon machen können? Wir hätten den größten Teil des Wegs wieder zurückgehen müssen. Das wollten wir nicht.

So sind wir also weitergewandert und haben bald auch den Weg gesehen, der in den Wald hinein und aufwärts führt. Den haben wir eingeschlagen, denn er musste der kürzeste sein, um ans Ziel zu gelangen.
Nun, das war eine recht einsame Gegend, wir stießen auf keine Dörfer, ja nicht einmal auf einzelne Häuser oder eine Hütte. Doch hörte man hin und wieder aus dem Wald das Geräusch des Holzschlagens; es mussten also Waldarbeiter in der Gegend sein. Das hat uns beruhigt.
Als es schon dämmerte, sahen wir eine zerfallene Klause mit einer eingefassten Quelle. Dort sind wir hingegangen, haben unser Nachtmahl gegessen, uns gewaschen, und dann sind wir im Halbdunkeln in das baufällige Kirchlein, denn die ruinöse Klause war abgeschlossen, hingegen die Kirche nicht.
In der Kirche brannten vier Öllämpchen, je eines vor den Bildern unseres Herrn Jesus Christus und der Gottesmutter, eines vor dem Bild des heiligen Nikolaus – und das vierte habe ich vergessen. Wir machten unsere Verneigungen und beteten ein wenig, sangen wohl auch nach unserer Gewohnheit, dann zündeten wir einige Kerzen an, um uns umzusehen, wohin wir uns zur Ruhe legen könnten. Der Boden der Kirche war steinig und voll Schutt: das schien uns nicht gut.
Da wir sahen, dass es eine Treppe gab, die zur Empore führte, stiegen wir vorsichtig die etwas brüchige Treppe hinauf. Oben war der Fußboden aus Holz, etwas

staubig, jedoch gut, um sich ein Nachtlager zu richten. Wir wollten uns eben niederlegen, da entdeckte eines der Mädchen, dass die Rückwand aus Holz eine Türe habe, die nach einigem Drücken aufgesprungen ist. Wir sind durch die Türe gegangen, eine hinter der anderen, und kamen in einen kurzen dunklen Gang, an dessen Ende wieder eine Türe war, diesmal mit einer Klinke zum Öffnen. So sind wir weitergegangen und in eine Reihe von Räumen gekommen, die mit allen möglichen Gegenständen – goldenen und silbernen Engelchen als Relief gestaltet, Flitterzeug und Vorhänge, Tücher und Teppiche, Geschirr und Trinkgefäß – angefüllt waren.

Nachdem wir alles angestaunt hatten, sagte eine von uns: „Sollen wir nicht von hier irgendein Bild oder eine Kleinigkeit als Andenken mitnehmen?" – „Aber was denkst du? Hier darf man doch nicht stehlen!" – „Ja, ich meine ja nur: wir könnten das dann den Schwestern im Kloster schenken." – „Nein, das tut man nicht."

Wir haben uns dann in einem Raum einen Teppich hingebreitet und dort geschlafen. Nachts aber hat mir und auch einigen andern geträumt, wir fänden den Ausgang aus diesen Räumen nicht mehr. Und als wir aufgewacht sind und die Kerzen angezündet haben, waren wir alle in der Tat etwas verwirrt. Wir haben den Ausgang gesucht, aber statt den Durchgang zur Empore des Kirchleins zu finden, hat uns der Gang zu einer Türe geführt, hinter der eine Treppe aus Stein ge-

wunden steil abwärts geführt hat. Wir haben etwas geleuchtet, aber nichts gesehen. Und wir haben uns nicht getraut, diese Treppe hinunterzusteigen.
Ratlos sind wir zurück, haben aber auch den Raum nicht mehr finden können, in dem wir übernachtet hatten.
Plötzlich ging an der Seite eine Türe auf und ein weißhaariger und weißbärtiger Mönch trat heraus. Er hielt eine Lampe in der Hand, lächelte freundlich und sagte: „Mädchen, sucht ihr den Ausgang?" – „Ja", sagten wir, „wir finden uns hier nicht zurecht. Wir haben hier geschlafen und möchten nun wieder gehen."
Der Mann sagte: „Ich habe euch gestern singen und beten hören. Und es ist gut, dass ihr nichts von den Dingen hier an euch genommen habt – Kommt! Ich werde euch den Ausgang zeigen."
Und er ging uns voraus durch eine Reihe von Kammern, die alle dunkel waren, obwohl draußen schon heller Tag sein musste.
Endlich standen wir auf der Empore, der Mönch löschte seine Lampe, und wir bliesen unsere Kerzen aus.
Wir stiegen die Treppe hinunter und beteten noch ein wenig vor der Ikone der Gottesmutter. Vor ihrem Bild und vor dem unseres Herrn brannten noch die Lämpchen, das vor dem Bild des heiligen Nikolaus war ausgegangen; das Bild lag jetzt im Dunkeln und war nicht zu erkennen.
Als wir mit dem Beten fertig waren, gingen wir aus dem

Kirchlein hinaus, und der Mönch folgte uns. Er geleitete uns noch ein Stück auf dem Weg durch den Wald, und an einer Stelle, an der ein Seitenweg abzweigte, sagte er: „Hier diesen Weg müsst ihr gehen, um dorthin zu kommen, wohin ihr wollt."
Er sagte das, obwohl wir ihm unser Ziel gar nicht genannt hatten.
Wir waren einige Schritte gegangen, als uns eingefallen ist, dass wir uns nicht bedankt hatten. Wir drehten sogleich um: Der Mönch konnte noch keine zehn Schritte gegangen sein. Aber es war weit und breit kein Mensch zu sehen.
Da sagte eines der Mädchen: „Das war doch der heilige Nikolaus! Ich habe gestern Abend die Ikone genau betrachtet. Sie sah ganz genau so aus."
Das also ist unsere Geschichte.

7. Dezember

Inken Weiand

Als Anna an diesem Morgen aufwacht, hat sie die dumpfe Erinnerung, dass Mama erst spät abends heimgekommen ist. Und dass Papa noch spät abends herumrumort hat, anstatt wie normal zu lesen oder Musik zu hören.

Nun, Papa hat im Moment auch mehr zu tun, wenn er zu Hause ist, denn er muss ja Mama entlasten. Die Kinder sind nicht die Einzigen, die unter der Lage leiden.

Anna wirft einen Blick auf den Wecker. Gleich muss sie aufstehen. Eine kleine Weile kann sie noch liegen bleiben.

Anscheinend sind übrigens die Jungen schon wach, denn aus ihrem Zimmer hört man gedämpfte Stimmen. Und als Mama zum Wecken kommt, plappern die beiden direkt los und laufen in den Flur.

Gleich darauf ertönt ein kleiner Schrei, dann noch einer.

„Der Nikolaus!"

„Er hat und etwas gebracht!"

Nanu? Anna wundert sich. Aber dann beeilt sie sich,

aufzustehen und nachzusehen. Es könnte ja doch immerhin sein …

Als Anna auf den Flur kommt, stehen die beiden Jungen mit vergnügten Gesichtern da.

„Der Nikolaus war doppelt da", erklärt Moritz fröhlich. „In die Schuhe unter dem Fenster hat er ein Spielzeugauto gesteckt und in die Schuhe an der Tür Plätzchen und Schokolade."

Verwundert sieht Anna sich nach den Eltern um. Die lachen beide. Also sieht Anna vorsichtshalber ebenfalls in ihren Schuhen nach. Und tatsächlich findet sie in den Schuhen bei der Tür Plätzchen und Schokolade und in denen am Fenster einen Glitzerbleistift.

„Danke, Mama!", ruft Anna und umarmt ihre Mutter.

Die lacht. „Für den Bleistift musst du dich bei Papa bedanken!"

Kai aber erklärt: „Da siehst du mal, Anna, wie gut es war, dass wir noch alle Schuhe geputzt haben!"

Wohlgemut macht sich Anna auf den Weg in die Schule. Als sie jedoch die Wohnungstür öffnet, macht sie große Augen. Vier Filzbeutel, aus denen jeweils ein großer Schokoladennikolaus herausguckt, stehen außen vor der Wohnungstür.

„Mama!", ruft Anna.

Verwundert laufen die Eltern herbei. Dann lacht Papa. „Da hat der Nikolaus in diesem Jahr ja ziemlich zugeschlagen."

„Und alles, weil wir so viele Schuhe geputzt haben", stellt Kai zufrieden fest.
Anna lacht. „Ich muss trotzdem weg", meint sie. Und macht sich auf den Weg.
Übrigens gibt es dann mittags die nächste Überraschung: Mama hat tatsächlich noch einen großen Adventskalender aufgehängt.
Und die Kinder stehen und strahlen. „Vielleicht wird es ja doch noch gemütlich hier!", stellt Moritz hoffnungsvoll fest.
Greta schüttelt missmutig den Kopf. Anna sieht sie zum Blumentopf schleichen und mit dem Finger in der Erde bohren. Anscheinend wächst immer noch kein Tannenbaum.
Ihre Unzufriedenheit geht nicht so schnell weg. „Können wir nicht ein Räuchermännchen anmachen?", fragt sie Anna, als sie an den Hausaufgaben sitzen.
Anna schüttelt verständig den Kopf. „Dafür brauchen wir Feuer. Und Feuer dürfen wir nicht anzünden, wenn die Eltern nicht dabei sind."
Missmutig stellt Greta fest: „Ohne Räuchermännchen ist es kein Advent."
„Maria und Josef hatten auch keine Räuchermännchen", bemerkt Anna.
„Aber es duftet so schön, wenn man ein Räuchermännchen anmacht", murrt Greta.
„Lass etwas anderes duften", brummt Anna. „Ich ma-

che jetzt die Hausaufgaben. Sonst habe ich das ganze Wochenende über Ärger."

„Pah, am Wochenende ist doch ohnehin nichts Besonderes los im Moment!"

Anna lernt Vokabeln. Anna schreibt ihre Rechenaufgaben. Und mit einem Mal wird sie aufmerksam. Sie schnuppert. Sie sieht sich um. Das Räuchermännchen steht auf dem Wohnzimmertisch. Aber es ist kein typischer Räuchermännchengeruch. Ein süßlicher Duft, etwas blumig, aber überaus stark und penetrant.

„Was stinkt denn hier so?", fragt Anna misstrauisch. Dahinter können doch wohl nur ihre jüngeren Geschwister stecken ...

„Das Räuchermännchen!", erklärt Kai stolz.

„Wieso das Räuchermännchen?"

„Wir können aber nichts dafür, dass das Fläschchen kaputtgegangen ist", meint Greta kleinlaut.

„Was für ein Fläschchen?"

„Mamas Parfümfläschchen."

O weh, jetzt ist es heraus! Die Kinder haben das Räuchermännchen beduften wollen und sind dafür an Mamas Parfüm gegangen. Das ist natürlich streng verboten. Und dann ist ihnen auch noch das Fläschchen zerbrochen ...

Anna stöhnt. „Jetzt lüften wir erst einmal", meint sie. „Aber dann müssen wir überlegen, wie wir das Mama beibringen."

Während noch alle Fenster offen stehen, klingelt es

an der Haustür. Kai will wieder einmal sofort öffnen, doch Anna bremst ihn.
„Wir dürfen nicht einfach jedem aufmachen“, sagt sie. „Und du erst recht nicht.“
Dann fragt sie durch die Sprechanlage, wer vor der Tür steht.
„Die Oma!“, tönt es etwas verzerrt durch den Lautsprecher.
„Wir dürfen nicht öffnen“, meint Anna. Dann überlegt sie. „Geh mal einen Schritt zurück!“, bittet sie die Oma. „Dann können wir dich aus dem Fenster sehen!“
Das ist eine gute Idee. Tatsächlich steht unten die Oma und winkt.
„Ich mach dir auf!“, ruft Anna.
Kurz darauf steht die Oma in der Wohnung. „Das habt ihr gut gemacht“, lobt sie. „Ich wusste gar nicht, dass ich so vernünftige Enkelkinder habe.“ Sie sieht sich in der Wohnung um. „Aber warum habt ihr die Fenster alle offen? Da geht ja die ganze gute warme Luft zum Fenster hinaus!“
Kleinlaut gestehen die Kinder ihr, was vorgefallen ist. Vom Räuchermännchen, das in diesem Advent noch nie seinen Duft verströmen durfte, von Anna, die nicht wollte, dass es angezündet wird, und von Mamas Parfüm, mit dem sie wenigstens ein wenig Duft erzeugen wollten und das nun kaputtgegangen ist.
„O weh!“, macht Oma. „Da habt ihr aber einen ziemlichen Unfug gemacht.“

Bedrückt nicken die Kinder.
„Kannst du nicht ein neues Fläschchen für Mama kaufen?", fragt Anna bittend. „Wir wünschen uns dann auch gar nichts zu Weihnachten."
Nachdenklich sieht Oma die Kinder an. „Mal sehen", meint sie, „was das mit Weihnachten wird. Ich wollte euch eigentlich für morgen auf den Weihnachtsmarkt einladen. Wie wäre es, wenn ich stattdessen das Parfüm für eure Mama kaufe?"
Anna schluckt. Sie wäre gerne auf den Weihnachtsmarkt gegangen. Doch dann nickt sie. „Danke, Oma."
An diesem Abend liest Anna auf ihrem Handy: „Und sie brachten ein jeglicher sein Geschenk. 2. Chronik 9,24. LG von oben."

Nicky

Anke Kopietz

Er lief durch die Straßen, ärgerlich mit sich selber. Kickte 'ne Getränkedose vor sich her. Es schepperte und hallte. Ihn störte das nicht. Er hörte es gar nicht. Frau Steegen stand in ihrer Haustür und schaute ihm kopfschüttelnd „aber Nicky!" rufend nach.
Verwundert ging sie wieder ins Haus. Was war mit Nicky los? Er war doch sonst immer der Erste, der grüßte? Hmmm!!
Er sah und hörte sie nicht. Er war mit sich und der Welt, so was von, unzufrieden. Und er war unglücklich!!
Nichts klappte. Er war erwischt worden. So ein Ärger aber auch!! Ausgerechnet! Tränen traten in seine Augen. Er schniefte, wischte sich die Feuchtigkeit weg und setzte einen trotzigen Blick auf.
Nie würde er zugeben, dass er weinte!!!
Aber das half ihm auch nichts. Er war ja gar nicht trotzig. Nein, er war im Moment nur traurig.
Er war maßlos traurig. Er kam zum Spielplatz und suchte sich seine Geheimecke, die dicht umschlossen war mit Kirschen- und Heckenrosendickicht.

Hier konnte er sich selber loslassen, sich hängen lassen und er heulte wie ein Schlosshund los. Hier hörte und sah ihn keiner. Hier konnte er der sein, der er wirklich war. Mist, dass seine Eltern ihn entdeckt hatten. Er schniefte, aber was sollte er machen? Nun waren sie weg. Seine drei kleinen Lieblinge. Sie hatten sie genommen und ins Tierheim gebracht. Er weinte leise weiter in sich hinein.

Es fing alles so gut an. Er hatte alles so gut im Griff.

Ja, das hatte er gedacht, aber es kam alles ganz, ganz anders.

Er hatte die kleinen Kätzchen am Waldrand entdeckt. Durch Zufall! Er war auf seiner Räubertour unterwegs. Heute mal allein. War ja auch nicht schlecht, so konnte er schon mal gute Verstecke suchen und wäre dann, wenn er mit den anderen wieder spielte, im Vorteil …

Da hörte er sie! Sie fiepten. Es war nur ein ganz leiser Ton. Aber, von mehreren. Er hörte es gleich, schob das Dickicht zur Seite und da sah er sie! Drei kleine Kätzchen. Sie konnten schon stehen und krabbelten umeinander, so als suchten sie Wärme und ihre Mutter.

Er beugte sich zu ihnen. „Hallo, meine Kleinen", flüsterte er ihnen zu, „was macht ihr denn hier, so ganz allein?" Er nahm eins hoch und sofort fing es an bei ihm zu suchen. Kläglich war das Fiepen und sein Herz schlug höher.

Sie waren hier womöglich ausgesetzt worden? Denn es war weit und breit niemand zu sehen. Er erhob sich

und schaute sich um. Nein, kein Mensch da. „Hallo!!!“, rief er, aber es kam kein Echo.
Wieder ging er in die Knie und nahm das nächste hoch. Sie drängten sich aneinander und schrien kläglich. Er nahm das Dritte hoch und hatte kaum mehr Platz in seinem Arm.
Sie waren bezaubernd. Eines in Schwarz mit einem kleinen weißen Lätzchen, eines gefleckt in Schwarz-Weiß mit etwas grau und das Letzte ganz schwarz.
Kurz entschlossen setzte er sie runter, öffnete seinen Anorak, steckte seinen Pullover in die Hose und nahm eines nach dem anderen hoch und in seinen Anorak mit rein.
Himmel! Das war ein Gefühl!!! Es kitzelte höllisch, denn sie krabbelten und schoben sich gegenseitig.
Der Anorak war groß genug, aber die drei zappelten und fiepten, bis sie sich ganz dicht an ihn kuschelten. Sie spürten sogleich, wie schön warm es bei ihm war, und fingen leise an zu schnurren!
So, nun stand er da. Was sollte er machen?
Nach Hause? Das ging nicht. Seine Mutter mochte keine Katzen. Sie wäre im Dreieck gesprungen, wenn er sie mitgebracht hätte!!
Unschlüssig stand er da und überlegte. Wie magisch zog ihn dann die Scheune vom Nachbarn Ketsch an. Er kannte sie in- und auswendig, hatte oft und viel darin gespielt. Er ging hinein mit seiner schnurrenden Last und suchte erst einmal einen großen Pappkarton.

Nicht zu groß, aber auch nicht zu klein. Ganz hinten fand er einen passenden. Er polsterte ihn mit Stroh und Heu aus.
Immer noch mit den kleinen Kätzchen unterm Pullover! Mannomann, das war nicht einfach. Endlich hatte er alles so weit und setzte die Kleinen rein.
Sie fingen sofort wieder an zu wimmern und zu suchen. Tja, was nun? Ob sie schon alleine trinken und essen konnten? Er hatte keine Ahnung und konnte ja auch niemanden fragen.
Leise schlich er sich nach Hause und ging ins Haus. Holte in einem Becher etwas Milch und einen kleinen Teller. Er musste verdammt leise sein, denn seine Mama hatte „Fledermausohren!"
Ich muss es probieren, dachte er, aber das war gar nicht so einfach. Die Kleinen kannten das offensichtlich noch nicht.
Sie tapsten über den Teller. Nicky stupste sie mit der kleinen Schnauze in die Milch, aber es war vergebens. Es klappte nicht! Himmel! Was sollte er machen. Das war vielleicht schwierig!
Hm, er überlegte. Sauste ins Haus, holte sein Taschengeld und flitzte zum Laden von Frau Meier. Lesen konnte er schon ganz gut. Er war schließlich schon in der zweiten Klasse.
Er fand Katzenmilch und Babykatzennahrung. Hm, ich mische es, dachte er, vielleicht klappt es damit …
Die vermischte Pampe, ja, die leckten sie begierig von

seinen Fingern ab. Oft musste er seinen Finger in das kleine Mäulchen stecken, bis das Kätzchen es kapierte, aber so langsam mit ganz viel Geduld funktionierte es doch.
Es dauerte eine ganze Weile, bis die drei kleinen Bündel satt waren. Sie machten noch ein kleines Geschäft. Hm ... er nahm sein Taschentuch und wischte es sauber, so gut es ging.
Na klar gab er ihnen auch sogleich ihre Namen. Das schwarz-weiß Gefleckte hieß Mirabelle, das mit dem weißen Lätzchen und grau hieß für ihn Klecksie und das ganz schwarze war Jackie.
Ach, sie waren alle drei zu niedlich!
Die Drei suchten sich fiepend, kuschelten sich gegeneinander zusammen, wärmten sich und schliefen satt und ruhig ein.
Es war schon bitterkalt. Ende November, also legte er noch einen Kartoffelsack über den Karton. So, nun würden sie wohl nicht mehr frieren und konnten auch nicht aus dem Karton raus, denn der war sehr hoch und ziemlich glatt von innen.
„Ähm!" Eine Stimme erhob sich plötzlich neben ihm. Erschrocken fuhr Nicky auf. Es war Herr Ketsch! „Was machst du hier?! Nicky, was hast du da?"
Nicky wurde gaaanz klein. Aber, das nützte ihm auch nichts.
„Ich, ich habe die gefunden. Ich wusste nicht, wo ich sie lassen sollte!" Bittend sah er den Nachbarn an. Doch

es half nichts. „Das geht hier nicht so! Die können hier nicht bleiben. Die musst du mit nach Hause nehmen!" „Das darf ich nicht", wisperte Nicky zurück, „meine Mutter mag keine Katzen!"
Herr Ketsch wurde in Nickys Augen zunehmend größer. „Du musst sie mit rüber nehmen." Er drehte sich um und ging rüber auf das Haus zu, wo Nick wohnte.
Nicky sackte zusammen. Es war vorbei!!! Er nahm die Kleinen wieder an seine Brust und spürte, wie sie sich wohlfühlten. Es ist aus, dachte er, es ist vorbei!!
Mama kam, war mehr erstaunt als erbost, meinte aber, so ginge es nicht. Auf keinen Fall würden die Kätzchen bei ihnen bleiben. Sie würde sie ins Tierheim bringen. Nicky konnte sich kaum halten, so entsetzt war er. „Mein lieber Nick, du kannst hier ja vieles machen, aber das geht nicht! Du brauchst keine Sorge haben, dort werden sie bestens versorgt und behütet, sie müssen zum Tierarzt und, und, und. Glaube mir, das ist das Beste, was wir machen können!"
Ja, so war es dann!! Wenn Mama sagte: Es ist das Beste, dann gab es keinen Weg zurück. Mama erklärte ihm noch, wie klasse er sich verhalten habe. Und Papa meinte: „Ja, so richtig gut und verantwortungsvoll."
„Wie, verantwortungsvoll?!" Nicky fuhr beinahe aus der Haut, „aber ich darf sie doch gar nicht beh...!"
„Nein, das geht nicht. Ich kann keine Katzen ab, ich habe eine Katzenallergie!" Mama fiel ihm ins Wort und hob bedauernd ihre Schultern.

„Tut mir leid, Nicky! Es ist gut, dass du die kleinen Kätzchen gerettet hast. Ich bin so stolz auf dich!"
Stolz!!! Pah!!! Mist!! Erwachsene, dachte Nicky.
Und blödes Weihnachten, denn das stand vor der Tür! Aber darauf hatte Nicky nun überhaupt keinen Bock mehr. Er würde kein Weihnachten feiern, nie mehr!! ER nicht!!!
Nur noch vier Wochen. Es war schon Advent und das ganze Haus wurde weihnachtlich geschmückt und Mama achtete darauf, dass alle in die übliche Weihnachtsstimmung verfielen!!! „Das muss sein, das gehört dazu!" Wie sie immer betonte.
NEIN! Da konnte doch keine Weihnachtsstimmung aufkommen. Nein!!! Bei ihm jedenfalls nicht!!!
Trotz Mamas Bemühungen ignorierte Nicky von dem Tag an alles was Weihnachten hieß. So schön auch alles aussah und auf die festliche Stimmung hindeutete. Er feierte dieses Jahr KEIN Weihnachten. Das stand für ihn fest. Da konnten sie sich alle auf den Kopf stellen. Für ihn fiel Weihnachten AUS!! Ihm wurde kalt in seinem Geheimversteck und er ging traurig nach Haus.
So vergingen die Tage bis Weihnachten und Nicky hielt sich an sein Vorhaben.
Weihnachten? Nicht für ihn!!! Mama und Papa versuchten, ihn auf den Heiligabend neugierig zu machen. Erzählten vom Weihnachtsmann! Was der alles in seinem großen Geschenksack haben könnte, was er alles bringen könnte …

Aber, Nicky, nein, Nicky hatte dieses Jahr überhaupt keinen Sinn und Blick dafür. Er war und blieb einfach traurig. So sehr sich Mama und Papa auch bemühten. Nicky lächelte dann immer nur ganz leicht und gequält.

Mama und Papa zogen sich dann immer seufzend zurück. Da war eben nichts zu machen!

Ja, und dann kam der Tag! Der Heiligabend!

Alles war aufs Feinste und Beste zurechtgeschmückt. Wie jedes Jahr. Mama und Papa hatten dafür ein super Händchen. Als am frühen Abend die Lichter am Weihnachtsbaum prangten, bat Mama ihren Nicky, sich doch bitte auf den Teppichboden zu setzen.

Hm?? Auf den Boden? Warum das denn? Na gut! Wenn sie es so wollte. Nicky setzte sich, ergeben, eben hin.

Mama und Papa gingen raus und plötzlich öffnete sich die Tür einen gaaanz kleinen Spalt. Hereinspaziert kamen erst Jackie, dann Mirabelle und zuallerletzt Klecksie!!!

Nicky glaubte seinen Augen nicht trauen zu können!!! Sie tapsten mit hoch aufgerichtetem Schwanz auf ihn zu. Sie waren ein gutes Stück gewachsen und miauten um die Wette, als sie ihn wiedersahen.

Nicky rutschte auf sie zu, nahm die kleinen Bündel glücklich in seinen Arm und ... doch, es stahlen sich ganz kleine Freudentränen aus seinen Augen. Er schniefte überglücklich.

Himmel! Nun war Weihnachten aber plötzlich auch wieder in seinem Herzen.
Zu schön! Nicky und die drei kleinen Kätzchen waren wirklich der glücklichste Junge und die glücklichsten kleinen Kätzchen auf der ganzen weiten Welt!!

Interview mit dem Weihnachtsmann

Erich Kästner

Eine vorweihnachtliche Betrachtung

Es hatte schon wieder geklingelt. Das neunte Mal im Verlauf der letzten Stunde! Heute hatten, so schien es, die Liebhaber von Klingelknöpfen Ausgang. Mürrisch rollte ich mich türwärts und öffnete.

Wer, glauben Sie, stand draußen? Sankt Nikolaus persönlich! In seiner bekannten historischen Ausrüstung. „Oh“, sagte ich. „Der eilige Nikolaus!“ – „Der heilige, wenn ich bitten darf. Mit h!“ Es klang ein wenig pikiert. „Als Junge habe ich Sie immer den eiligen Nikolaus genannt. Ich fand's plausibler.“ – „Sie waren das?“ – „Erinnern Sie sich denn noch daran?“ – „Natürlich! Ein kleiner hübscher Bengel waren Sie damals!“

„Klein bin ich immer noch.“ – „Und nun wohnen Sie also hier.“ – „Ganz recht.“ Wir lächelten resigniert und dachten an vergangene Zeiten.

„Bleiben Sie noch ein bisschen!“, bat ich. „Trinken Sie noch eine Tasse Kaffee mit mir!“ Er tat mir, offen gestanden, leid.

Was soll ich Ihnen sagen? Er blieb. Er ließ sich herein.

Erst putzte er sich am Türvorleger die Stiefel sauber, dann stellte er den Sack neben die Garderobe, hängte die Rute an einen der Haken, und schließlich trank er mit mir in der Wohnstube Kaffee.

„Zigarre gefällig?" – „Das schlag ich nicht ab." Ich holte die Kiste. Er bediente sich. Ich gab ihm Feuer. Dann zog er sich mit Hilfe des linken den rechten Stiefel aus und atmete erleichtert auf. „Es ist wegen der Plattfußeinlage. Sie drückt niederträchtig." – „Sie Ärmster! Bei Ihrem Beruf!" – „Es gibt weniger Arbeit als früher. Das kommt meinen Füßen zupass. Die falschen Nikoläuse schießen wie die Pilze aus dem Boden."

„Eines Tages werden die Kinder glauben, dass es Sie, den echten, überhaupt nicht mehr gibt." – „Auch wahr! Die Kerls schädigen meinen Beruf! Die meisten von denen, die sich einen Pelz anziehen, einen Bart umhängen und mich kopieren, haben nicht das mindeste Talent! Es sind Stümper!" – „Weil wir gerade von Ihrem Beruf sprechen", sagte ich, „hätte ich eine Frage an Sie, die mich schon seit meiner Kindheit beschäftigt. Damals traute ich mich nicht. Heute schon eher. Denn ich bin Journalist geworden." – „Macht nichts", meinte er und goß sich Kaffee zu. „Was wollen Sie seit Ihrer Kindheit von mir wissen?" – „Also", begann ich zögernd, „bei Ihrem Beruf handelt es sich doch eigentlich um eine Art ambulanten Saisongewerbes, nicht? Im Dezember haben Sie eine Menge Arbeit. Es drängt sich alles auf ein paar Wochen zusammen. Man

könnte von einem Stoßgeschäft reden. Und nun ..." – „Hm?" – „Und nun wüsste ich brennend gern, was Sie im übrigen Jahr tun!"
Der gute alte Nikolaus sah mich einigermaßen verdutzt an. Er machte fast den Eindruck, als habe ihm noch niemand die so naheliegende Frage gestellt. „Wenn Sie sich nicht darüber äußern wollen ..." – „Doch, doch", brummte er. „Warum denn nicht?" Er trank einen Schluck Kaffee und paffte einen Rauchring. „Der November ist natürlich mit der Materialbeschaffung mehr als ausgefüllt. In manchen Ländern gibt's plötzlich keine Schokolade. Niemand weiß wieso. Oder die Äpfel werden von den Bauern zurückgehalten. Und dann das Theater an den Zollgrenzen. Und die vielen Transportpapiere. Wenn das so weitergeht, muss ich nächstens den Oktober noch dazunehmen. Bis jetzt benutze ich den Oktober eigentlich dazu, mir in stiller Zurückgezogenheit den Bart wachsen zu lassen."
„Sie tragen den Bart nur im Winter?" – „Selbstverständlich. Ich kann doch nicht das ganze Jahr als Weihnachtsmann herumrennen. Dachten Sie, ich behielte auch den Pelz an? Und schleppte 365 Tage den Sack und die Rute durch die Gegend? Na also. – Im Januar mache ich dann die Bilanz. Es ist schrecklich. Weihnachten wird von Jahrhundert zu Jahrhundert teurer!" – „Versteht sich." – „Dann lese ich die Dezemberpost. Vor allem die Kinderbriefe. Es hält kolossal auf, ist aber nötig. Sonst verliert man den Kontakt mit

der Kundschaft." – „Klar." – „Anfang Februar lasse ich mir den Bart abnehmen."

In diesem Moment läutete es wieder an der Flurtür. „Entschuldigen Sie mich, bitte?" Er nickte. Draußen vor der Tür stand ein Hausierer mit schreiend bunten Ansichtskarten und erzählte mir eine sehr lange und sehr traurige Geschichte, deren ersten Teil ich mir tapfer und mit zusammen„gebissenen" Ohren anhörte. Dann gab ich ihm das Kleingeld, das ich lose bei mir trug, und wir wünschten einander auch weiterhin alles Gute. Obwohl ich mich standhaft weigerte, drängte er mir als Gegengeschenk ein halbes Dutzend der schrecklichen Karten auf. Er sei, sagte er, schließlich kein Bettler. Ich achtete seinen schönen Stolz und gab nach. Endlich ging er.

Als ich ins Wohnzimmer zurückkam, zog Nikolaus gerade ächzend den rechten Stiefel an. „Ich muss weiter", meinte er, „es hilft nichts. Was haben Sie denn da in der Hand?" – „Postkarten. Ein Hausierer zwang sie mir auf." – „Geben Sie her. Ich weiß Abnehmer. Besten Dank für Ihre Gastfreundschaft. Wenn ich nicht der Weihnachtsmann wäre, könnte ich Sie beneiden."

Wir gingen in den Flur, wo er seine Utensilien aufnahm. „Schade", sagte ich. „Sie sind mir noch einen Teil Ihres Jahreslaufs schuldig." Er zuckte die Achseln. „Viel ist im Grunde nicht zu erzählen. Im Februar kümmere ich mich um den Kinderfasching. Später ziehe ich auf Frühjahrsmärkten umher. Mit Luftballons und billigem mechanischen Spielzeug. Im Sommer bin ich Bademeister und gebe Schwimmunterricht. Manchmal verkaufe ich auch Eiswaffeln in den Straßen. Ja, und dann kommt schon wieder der Herbst – und nun muss ich wirklich gehen."

Wir schüttelten uns die Hand. Ich sah ihm vom Fenster aus nach. Er stapfte mit großen, hastigen Schritten durch den Schnee. An der Ecke Ungerstraße wartete ein Mann auf ihn. Er sah wie der Hausierer aus, wie der redselige mit den blöden Ansichtskarten. Sie bogen gemeinsam um die Ecke. Oder hatte ich mich getäuscht? Eine Viertelstunde danach klingelte es schon wieder. Diesmal erschien der Laufbursche des Delikatessengeschäftes Zimmermann Söhne. Ein angenehmer Besuch! Ich wollte bezahlen, fand aber die Brieftasche nicht gleich. „Das hat ja Zeit, Herr Doktor", meinte der Bote väterlich. „Ich möchte wetten, dass sie auf dem Schreibtisch gelegen hat!", sagte ich. „Nun gut, ich begleiche die Rechnung morgen. Aber warten Sie noch, ich bring' Ihnen eine gute Zigarre!" Die Kiste mit den Zigarren fand ich auch nicht gleich. Das heißt, später fand ich sie ebenso wenig. Die Zigarren nicht. Die Brieftasche auch nicht. Das silberne Zigarettenetui war auch nicht zu finden. Und die Manschettenknöpfe mit den großen Mondsteinen und die Frackperlen waren weder an ihrem Platz noch sonst wo. Jedenfalls nicht in meiner Wohnung.

Ich konnte mir gar nicht erklären, wohin das alles geraten sein mochte. Es wurde trotzdem ein stiller hübscher Abend. Es klingelte niemand mehr. Wirklich, ein gelungener Abend. Nur irgendetwas fehlte mir. Aber was? Eine Zigarre? Natürlich! Glücklicherweise war das goldene Feuerzeug auch nicht mehr da. Denn das muss ich, obwohl ich ein ruhiger Mensch bin, bekennen: Feuer zu haben, aber nichts zum Rauchen im Haus, das könnte mir den ganzen Abend verderben!

Das Parfüm

Simone Ehrhardt

Pjotr Olschewski hatte ein Problem, und gerade flog es quer durch die Fahrerkabine seines Lieferwagens. Ein silberfarbener Mercedes C 180 hatte vor ihm eine Vollbremsung hingelegt, und es blieb Pjotr nichts anderes übrig, als es ihm gleichzutun, wollte er dem Pkw nicht hinten drauffahren. Er schimpfte leise vor sich hin und stellte sich lieber nicht so genau vor, wie es den Paketen und Päckchen hinten im Lieferwagen ergangen war. Dem Gepolter nach waren sie alle durcheinander gefallen, und es würde ihn unnötige Zeit kosten, sie neu zu sortieren. Sein spezielles „Problem" lag jetzt vor dem Beifahrersitz auf dem Boden. Pjotr hob es auf und pustete ein paar Schmutzkrümel ab. Wunderbarerweise sah es noch wie neu aus. Er hätte wetten können, dass es verschrammt und verdrückt sein würde nach diesem Sturz.
Es war ein typischer Montag, daran änderte auch der Dezember nichts. Im Gegenteil – er machte eher alles schlimmer, denn in der Vorweihnachtszeit verschickten die Menschen alles Mögliche in Paketform, und er

hatte mehr als sonst auszuliefern. Er freute sich schon darauf, wenn Weihnachten endlich vorüber war, und erzählte auch gerne jedem davon. Nein, ausgesprochen adventlich war ihm nicht zumute. Eigentlich war er ein Adventsmuffel – kein Weihnachtsmuffel, denn auf die Feiertage freute er sich wiederum, besonders auf die großen Familienessen daheim in Polen oder auch hier in Deutschland, wenn die Verwandtschaft bei ihnen zu Besuch war. Bei dem Gedanken an den Karpfen seiner Mutter knurrte ihm der Magen.

Das löste aber noch nicht sein „Problem". Es lag in einer würfelförmigen, stabilen goldfarbenen Pappschachtel, die mit einer großen dunkelroten Samtschleife verziert war. Das Ganze sah sehr hübsch aus, edel und kostbar, eigentlich das, was man unter dem Weihnachtsbaum gerne liegen hätte. Die eigentliche Schwierigkeit war der Inhalt der Box, nämlich eine Flasche Parfüm. Pjotr hatte sie am Samstag in einer Boutique geschenkt bekommen, und er wusste bis heute nicht, weshalb eigentlich. Es war zweifellos ein teures Parfüm, aber seine Frau wollte es nicht. Ihr gefiel der Duft nicht.

„Zu schwach und zu blumig", fand sie.

Seine Mutter wollte es auch nicht. „Ich nehme kein Parfüm, das weißt du doch. Ich bekomme Ausschlag davon", hatte sie entrüstet gesagt.

Seine Tochter hatte es ebenfalls abgelehnt. „Nee, das ist doch was für alte Frauen", war ihre Meinung dazu.

Pjotr hatte die Schachtel den ganzen Sonntag immer wieder angestarrt und überlegt, wem er es geben konnte. Zum Wegwerfen war das Parfüm einfach zu schade, dazu diese hübsche Verpackung …

Er hatte es schließlich mit auf seine Route genommen. Man konnte ja nie wissen – er läutete bei so vielen Menschen, irgendeinem davon würde er doch wohl dieses Duftwasser überlassen können! Und er hatte Glück. Nachdem er Ordnung im Laderaum geschaffen hatte, war die nächste Station auf seiner Route eine Frau um die fünfzig, die ihm in einem orange-blau gestreiften Haushaltskittel erhitzt die Tür öffnete. Haarsträhnen hingen wirr in ihrem feuchten Gesicht, an den Händen hatte sie gelbe Gummihandschuhe, die voller Schaum waren. Ohne ein Wort unterschrieb sie für ihr Päckchen und nahm es in Empfang.

„Hier, das gehört dazu", sagte Pjotr, legte die goldfarbene Box mit der Samtschleife auf das Päckchen, das die Frau bereits in den Händen hielt, und eilte davon. Die Empfängerin sah ihm verdutzt hinterher. In ihrer Küche zog sie die Gummihandschuhe aus und öffnete die Schachtel. Als sie das Parfüm sah, fiel ihr ein, dass sie doch noch ein Geschenk für eine Freundin brauchte, die in einer Stunde auf einen Kaffee vorbeikommen wollte. Wie praktisch, nun hatte sie etwas Passendes! Hastig machte sie sich wieder ans Werk, damit die Fenster auch wirklich strahlten, wenn ihr Besuch kam. Das Parfüm in seiner goldfarbenen Schachtel legte an diesem Montag eine erstaunliche Reise zurück und durchlief etliche Hände. Die Freundin nahm es beglückt in Empfang und gab es gleich darauf weiter an ihre Postbotin. Diese ließ es bei der netten Bäckersfrau, die ihr öfter mal eine Brezel zusteckte, wenn sie Briefe brachte. Die Bäckersfrau schenkte es ihrer Nichte, die ihre Hausaufgaben an dem Tag hinten in der Backstube machte. Die Nichte gab es ihrer Nachhilfelehrerin, einer Abiturientin. Die Abiturientin reichte es weiter an eine Obdachlose in der City, von wo aus es unauffällig in eine Einkaufstasche wanderte, als die Obdachlose gerade nicht hinsah. Aus der Einkaufstasche fiel es in einen Krabbelsack, und aus diesem zog es ein Immobilienmakler. Der gab es seiner Steuerberaterin, und die überließ es ihrer Schwester.

Am Nachmittag befand sich das Parfüm erneut in einem Auto und fuhr Richtung Bodensee. In Kressbronn geschah dann das Malheur: Das Auto blieb stehen und wollte nicht mehr weiter. Der Abschleppdienst kam und brachte es zur nächsten Kfz-Werkstatt. Dort wurde der Wagen von einer freundlichen jungen Frau untersucht und im Handumdrehen mit dem nötigen Ersatzteil versehen. Die junge Frau freute sich, denn sie war noch in der Ausbildung, und ihr Meister klopfte ihr anerkennend auf die Schulter. Die Autobesitzerin freute sich noch viel mehr, denn sie musste am selben Abend noch nach Schaffhausen, und voller

Dankbarkeit überließ sie der jungen Frau ihr teures Parfüm in der hübschen Schachtel.
Die junge Mechanikerin nahm es nach Feierabend mit nach Hause, und dort fand das Eau de Parfum endlich seinen Bestimmungsort: den Badezimmerschrank in einer kleinen Einzimmerwohnung.
Die neue Besitzerin nahm abends ein entspannendes, heißes Bad mit reichlich Badeschaum. Als sie sich abgetrocknet hatte, holte sie die runde Glasflasche aus dem Karton – wobei sie die dunkelrote Samtschleife vorsichtig zur Seite legte, um sie vielleicht wiederverwenden zu können – und sprühte sich ihren neuen Duft auf. Er gefiel ihr ausnehmend gut. Frisch war er, ein bisschen blumig, ein bisschen kühl, ein bisschen roch es nach Äpfeln und Rosen.
Welch eine nette Überraschung an einem Dezembermontag!

Vom Sinn und Unsinn des Wartens

Helmut Zöpfl

Mit dem Wort „warten“ verbindet sich irgendwie immer etwas Ungewisses. Man weiß nicht genau, was kommt und wie es ausgeht. Es kann aber auch sein, dass man vergeblich wartet, im Guten wie im Schlechten. Man erwartet beispielsweise etwas Schlimmes und dann stellt sich heraus, dass es nicht halb so schlimm war oder sogar erfreulich.
Das vergebliche Warten hat seinen literarischen Niederschlag in dem Stück von Samuel Beckett: „Warten auf Godot“ gefunden. Warten kann also mit Enttäuschung, aber auch mit einer freudigen Überraschung enden. Es kann aber auch so sein, dass man vor „Warten“ und Ausgerichtetsein auf die Zukunft die Gegenwart ganz und gar vergisst. Da gab es einmal ein Chanson: „Im Wartesaal zum großen Glück, da warten viele, viele Leute, warten seit gestern auf das Glück von morgen und vergessen, es ist ja noch heute, die armen, armen Leute.“
Warten hat etwas von Spannung in sich. Das kann eine nervöse Spannung sein, aber auch ein Warten

in der Vorfreude, die manchmal sogar schöner ist als die eigentliche Freude. Besser wohl ausgedrückt: Die Vorfreude ist eine ganz eigenständige Freude. Man kann etwas kaum noch erwarten, man ist gespannt, es kribbelt einen förmlich, doch ist es schön, diese Spannung durchzuhalten. Da hat man in der Erziehung der Vergangenheit gewiss einige Fehler gemacht. Denn, so verkehrt es ist, eine solche Spannungshaltung im Sinne des „Schmorenlassens" aufzubauen, so unsinnig ist es auch zu glauben, man solle jede Spannung, jede Erwartung aus dem Leben es jungen Menschen herausnehmen, weil ja sonst „Frustrationen" entstehen könnten.

Es war und ist ein großer Irrtum zu glauben, dass die sofortige Befriedigung der Bedürfnisse schon das Glück des Menschen automatisch darstellt. Sind es nicht, um mit Goethe zu sprechen, oft die saueren Wochen, die die frohen Feste ermöglichen? Kann sich der wirklich freuen, der sofort all das, was er will, bekommt? Denken Sie an das Märchen vom Schlaraffenland! Die gebratenen Tauben, die in den Mund fliegen, werden nach kurzer Zeit langweilig.

Vielleicht ist es sogar heute eines der größten Probleme, dass wir immer unfähiger geworden sind, etwas abzuwarten – keinen Spannungszustand mehr durchzuhalten. Damit werden eben die Feste immer „unfestlicher". Denken Sie nur daran, dass infolge des modernen Komforts weitgehend alles über das

Jahr immer vorhanden ist, zum Beispiel die frischen Erdbeeren, der Spargel usw. Zumindest in Konservenform ist jeder Genuss sofort abholbar. Brachte es nicht mehr Freude, früher auf die ersten Erdbeeren, die ersten Kirschen zu warten? Das lässt sich sicher nicht mehr rückgängig machen, bedeutet aber meines Erachtens einen Freudenverlust.

Macht es nicht das Besondere eines Buches aus, dass es spannend ist, das heißt dass man warten muss, sich durchlesen, bis man erfährt, wie es ausgeht? Und ist es nicht auch überhaupt eine spezifische Form des Glückes, dass man eben nicht genau weiß, ob etwas glückt?

Der Advent ist die Zeit der Erwartung, der Erwartung des Herrn. Was ist es für eine Erwartung, die wir heute haben? Diejenige, die man jetzt oft in den Worten ausgedrückt hört: „Froh bin ich, wenn das Ganze wieder vorbei ist. Ich schnaufe erst nach den Weihnachtsfeiertagen wieder auf." Ist es noch die kindliche Erwartung, was sich wohl am 24. Dezember hinter der verschlossenen Tür alles Schönes verbergen wird? Ist es die Vorfreude auf das endgültige Kommen des Herrn, der ja auch lange auf sich warten ließ, wie das so schön in dem alten Lied „Tauet Himmel den Gerechten" ausgesagt wird? Wer könnte von sich sagen, dass nicht auch immer ein wenig Unsicherheit mitschwingt, was uns bei dieser Niederkunft erwartet. Aber natürlich hoffen wir, dass es eben kein „Warten auf Godot" sein wird

und dass es dann etwas Gutes ist, das uns erwartet, und nicht das, was uns im Evangelium immer wieder erzittern lässt, sollten wir zu den „Schafen zur Linken" gehören.
Die Tage des Advents sollten uns eigentlich ein wenig Zeit lassen, über all unsere Erwartungen etwas nachzudenken. Was erwarten wir vom Leben, von der Zukunft, vom anderen, von Gott? Aber auch, was erwarten andere von uns, was erwartet Gott von uns? Wie sind wir bisherigen Erwartungen gerecht geworden? Überwiegen in unseren Erwartungen Furcht und Angst oder Hoffnung und Vertrauen? Auf alle Fälle wird uns beim Überdenken dieses Wartens deutlich werden, dass uns Grenzen gesetzt sind, und dass wir nicht alles machen und herstellen können, sondern dass es noch etwas anderes beziehungsweise jemand anderes gibt, von dem wir abhängen, unser Leben und unsere Zukunft. Es bleibt jedem von uns überlassen, in dieser Zeit des Advents, gerade jetzt, da die Tage trüber sind und die Nacht früher kommt, Lichter der Hoffnung zu entdecken oder auch bei anderen solche kleinen Lichter anzuzünden.

Das Engelchen

Leonid Andrejew

Der kleine Sascha hatte ein widerspenstiges Seelchen, manchmal kam ihm der Wunsch, dasjenige nicht zu tun, was man schlechtweg „leben" nennt, er wollte nicht früh aufstehen, sich nicht mit kaltem Wasser waschen, nicht zur Schule gehen, – da er aber erst acht Jahre alt war, wusste er nicht, wie man es einrichten könnte, nicht zu tun, was von ihm verlangt wurde, so tat er es weiter, doch tat er alles schlecht und brachte zu Weihnachten ein schlechtes Zeugnis aus der Schule. Heimkehrend ging er zum Vater – diesen hatte er sehr lieb und hoffte, von ihm weniger Tadel zu hören.
„Sascha!", sagte der Vater, „warum nur bist du so widerspenstig? Und Sweschnikows haben für dich eine Einladung zum Weihnachtsbaum geschickt."
Sweschnikows waren reiche Leute, sie bezahlten das Schulgeld für Sascha, dessen Vater ihr früherer, wegen Krankheit früh pensionierter Beamter war. Sascha war es nicht angenehm, der Einladung Folge zu leisten, man würde dort sicher fragen, wie es ihm in der Schule ergehe. Doch bestand die Mutter darauf, dass

er hingehe und – um Sascha zum Gehorchen zu bewegen, sagte der Vater: „Geh hin, Söhnchen, vielleicht gibt man dir für mich ein kleines Geschenk, ich sitze schon eine Woche ohne Tabak." Das genügte, um Sascha gefügig zu machen …

Die Kinder wurden nicht gleich in den Saal gelassen, sie waren aufgeregt und lärmten in Erwartung der Weihnachts-Bescherung. Da öffnete sich die Tür, und – den Atem anhaltend, die Äuglein weit aufgerissen, liefen alle in den Saal, wo eine große, herrlich geschmückte Tanne stand. Sascha ging, gleich den anderen Kindern, rund um den Baum; auf einmal blieb er stehen, seine Augen blitzten vor Verwunderung auf: auf einem der oberen Äste sah er einen aus Wachs gefertigten Engel hängen, seine Flügelchen waren durchsichtig und zitterten, bewegt durch die Wärme der rundum brennenden Kerzen. Er sah wie lebend aus, als wäre er bereit, gleich davonzufliegen. Sascha starrte ihn an, und in ihm erstand ein so starker Wunsch, den Engel sein eigen zu nennen, dass er – trotz seiner großen Schüchternheit – zur Hausfrau lief und sie bat: „Tantchen! Bitte, schenk mir den Engel!" – „Das geht nicht, mein Kind; alle Sachen müssen bis Neujahr am Baum hängen bleiben, dann erst werden sie an die Kinder verteilt." Sascha schien, als falle er in einen tiefen Abgrund … Er griff zu einem neuen Mittel: „Tantchen", sagte er, „ich bereue es, unartig gewesen zu sein und verspreche fest, von nun an gut zu lernen …" Doch auch diese Wor-

te erweichten das Herz der Hausfrau nicht. Da rief Sascha mit entsetzter Stimme: „Gib ihn mir! Ich muss ihn haben!", und fiel vor Frau Sweschnikowa auf die Knie. „Du bist ja verrückt! Auf die Knie fallen tut man nur im Gebet vor Gott." Doch als sie in die Augen des Buben schaute, unterbrach sie ihre Belehrung und fügte hinzu: „Was du für ein dummes Menschlein bist! Meinetwegen, – sollst das Engelchen haben." Als Sascha den Engel in Händen hielt, blitzten ihm Tränen in den Augen, er sah die Hausfrau mit seligem Lächeln an, seufzte tief und verließ eilig den Saal. Er suchte nach seinem Mantel und lief heim. Die Mutter hatte sich schon niedergelegt, ermüdet von der Vorfeiertagsputzerei, in der Küche brannte aber noch eine kleine Petroleum-Lampe, der Vater wartete auf die Heimkehr von Sascha …
„Ist der Engel nicht wunderschön?", fragte der Knabe. „Ja", entgegnete der Vater, „er hat was Besonderes an sich, pass auf, dass er uns nicht davonfliegt!" Sascha starrte das Spielzeug an, unter seinem unverwandten Blick schien das Engelchen größer, leuchtender zu werden, seine Flügel bebten noch stärker … und alles, die blakende Lampe, die verrauchte Tapete, der einfache Holztisch, ja die ganze ärmliche Einrichtung des Raumes verschwand … Dem alten Mann schien, er befinde sich wieder in der Welt, zu der er einst, als er noch nicht arbeitslos war, gehörte, als er weder Sorgen noch Not kannte, als sein Leben froh und hell dahinfloss … Das Engelchen war herabgestie-

gen und hatte einen Lichtstrahl in sein graues, eintöniges Leben gebracht. Und neben ihm, dem Alten, saß mit leuchtenden Augen, gleich glücklich wie er, das am Anfang des Lebens stehende Menschlein. Für beide waren Gegenwart und Zukunft entschwunden … Formlos und nebelhaft war Saschas Träumerei, alles Schöne, alle Hoffnungen seiner sehnenden Seele schien das Engelchen in sich eingesogen zu haben, daher strahlte es in solch herrlichem Licht, daher bebten so geheimnisvoll seine Flügel … In solchen Halbtraum versunken war Sascha unbemerkt eingeschlafen, auch der Vater begab sich zur Ruhe.
Und das Engelchen? Aufgehängt in der Nähe des warmen Ofens begann es zu schmelzen, dicke Wachstropfen flossen längs seiner Füßchen hinab, dann erbebte der ganze Engel, als wolle er tatsächlich fortfliegen und fiel auf die heißen Platten des Ofens. Eine neugierige Schabe begann die formlose Wachsmasse zu umkreisen, lief dann eilig davon … Ins Fenster drang das Licht der Morgendämmerung, im Hof klapperte der Wagen des Milchmanns, – und der Engel war nicht mehr! Was tat's? Durch sein kurzes Dasein hatte er doch die zwei Menschen für einige Zeit so glücklich gemacht!

Der Brief

Rudolf Otto Wiemer

„So was gibt's", sagte Lotzke, der nicht mal richtiger Briefträger war, nur Aushilfe. Er unterbrach das Sortieren und betrachtete den gelblichen, zerknitterten Umschlag. „Weg damit, was?" Wißler schielte über seine Brille. „Außerdem unfrankiert", sagte Lotzke und reichte den Brief über den Stapel der Postsachen herüber.

Wißler schob die Brille nach vorn. Er drehte den Brief, las die Aufschrift, lächelte.

„Na, und?", fragte Lotzke. Er hatte sich eine Zigarette angezündet.

„Befördern", sagte Wißler.

„Befördern? Sie sind putzig!"

„Zigarette aus", sagte Wißler. Lotzke hob lässig die Achseln und drückte die Zigarette gegen das Tischbein.

Wißler warf eine Handvoll sortierter Postsachen in den Hammelbeeker Sack. Dann zog er ein großes, blau kariertes Taschentuch hervor. Er hatte Schnupfen, er hustete, und die Grotjahn hatte aus dem Fenster gerufen, er solle lieber daheim bleiben, aber was wusste die Grotjahn schon davon, was Schnupfen ist und was Dienst.

„Sie haben doch sonst alle Adressen im Kopf", sagte Lotzke rechthaberisch. Wißler war davon überzeugt, dass er den Schnupfen nicht gekriegt hätte, wäre er im Außendienst geblieben. Als Briefträger kriegt man keinen Schnupfen. Aber hier, in der Sortierstube, überheizt ist sie, dann geht die Tür auf, oder man muss zwischendurch auf den Hof, das Auto ausladen. Nee, Wißler wird wieder Außendienst machen, das stand fest.

Wißler sah gerade, wie Lotzke den Brief in den Drahtkorb schmiss.

„Gib her", sagte er scharf.

Lotzke bückte sich, fischte den Brief, der jetzt noch mehr zerknittert war, aus dem Abfall und warf ihn auf Wißlers Stapel. „Quatsch, so was", knurrte er.

Wißler glättete den Brief zwischen den Fingern und steckte ihn in die Tasche. Er sortierte weiter, bald in den Hammelsbeeker Sack, bald in den von Garmissen oder Strohmühle. Nach einer halben Stunde wurden die Säcke von der Stange genommen und rausgeschafft in die Autos.

Wißler stampfte den Schnee von den Stiefeln und ging langsam die Treppe hinauf; er keuchte. Oben, vor der Tür des Vorstehers, nahm er die Mütze ab. Malinowski saß am Tisch und frühstückte. „Was kaputt, Wißler?"

„Nee, nur der Schnupfen, wissen Sie."
„Na, ja. Wir haben alle mal Schnupfen. Dafür ist Winter. Da kommt so was vor."
„Bei mir nicht, Herr Vorsteher. Ich habe in zwanzig Wintern nie Schnupfen gehabt. Auch keinen Husten."
„Da wird es ja Zeit. Jünger sind Sie schließlich nicht geworden. Oder passt die Tante Grotjahn nicht genug auf?"
„Frau Grotjahn? Was sollte die denn –?"
Der Vorsteher schnitt ein Stück Wurst ab und schob es in den Mund. „Spaß natürlich, Wißler! Spaß muss sein!" Er wischte sich über die Lippen. „Soviel ich weiß, hat die Grotjahn den Mann verloren?"
„Vor zwei Monaten", sagte Wißler.
„Keine Enkelkinder?"
„Das schon. Aber alle außerhalb."
Der Vorsteher spitzte ein Streichholz zu und stocherte zwischen den Zähnen.
„Sie wohnen nebenan?"
„Ja", sagte Wißler.
„Und ihre Frau ist doch auch –" Wißler nickte.
„Na, da könnte die alte Grotjahn doch mal bei Ihnen reinsehen. Ich meine nur so. Oder haben Sie jemanden?"
„Nein", sagte Wißler.
„Wer kocht denn?"
„Ich selber", sagte Wißler.
„Und die Wäsche? Und einholen vom Kaufmann? Und heizen?"

„Ich habe mich daran gewöhnt", sagte Wißler.
Der Vorsteher betrachtete sein Taschenmesser. „Weshalb kommen Sie eigentlich?"
Wißler druckste.
„Na, was ist?"
„Ich möchte wieder in den Außendienst, Herr Vorsteher."
„Was? Briefe 'rumtragen? Bei dem Sauwetter? Sie wollen wohl endgültig in die Kiste? So kurz vor Weihnachten?"
Wißler blickte auf seine Mütze. „Solange ich im Außendienst war, habe ich mich nie erkältet. Es war auch schöner. So draußen herum. Von Haus zu Haus. Man kommt mehr unter Menschen."
„Ihr Ernst, Wißler?" Der Angeredete nickte.
„Na ja, mag sein. Wollen sehn, was sich machen lässt. Noch was?"
Wißler griff in die Rocktasche.
Der Vorsteher knüllte das Frühstückspapier in der Faust zusammen und setzte die Brille auf. „Unzustellbar?", fragte er, den Brief musternd. Gleich darauf lachte er. „Tja, wenn der man hier wohnte!"
„Vielleicht wohnt er hier", sagte Wißler.
Der Vorsteher starrte den Alten verdutzt an. Schlecht rasiert, dachte er. Verdammt blass. Der war früher ganz anders. Mehr auf Draht.
„Wohnt hier, sagen Sie? In der Garage! Oder im Holzschuppen!" Er griff nach dem Messer.

„Erst mal den Absender ermitteln." Der Vorsteher schnitt den Umschlag auf, zog den Brief heraus und faltete das Blatt auseinander. „Ein alter Frachtbrief", sagte er enttäuscht.
„Drehen Sie mal um", meinte Wißler.
Richtig, die Rückseite war mit Bleistift beschrieben. Schiefe Buchstaben, krakelige Schrift.
„Können Sie das lesen?", fragte der Vorsteher, nachdem er eine Weile buchstabiert hatte. „Ist ja alles klein geschrieben!"
Wißler schob die Brille vor und las. Halblaut las er, während der Vorsteher die Streichholzschachtel auf- und zuschob:
„ – lieber gott, alle kinder haben eine großmutter, nur wir nicht! Bitte, lieber gott, wir wünschen uns eine großmutter. sie muss geschichten lesen und kuchen backen und stricken. eine richtige großmutter, die kinder aus der baracke."
„Kurios!", lachte der Vorsteher. „Wozu die Post alles gut ist! Zeigen Sie mal her – sie muss Kuchen backen – na klar, und stricken – und da soll nun der liebe Gott …"
„Ja", sagte Wißler.
Der Vorsteher griff wieder nach der Streichholzschachtel.
„Hatten wir nicht vor Jahren schon so was? Warten Sie mal. Ja, ich entsinne mich. Damals haben wir die Sache weitergeleitet. Ich glaube, an die Kreisverwaltung.

Nee, an die Mission. Ist auch egal. Kennen Sie die Baracke? Sieht es da wirklich so schlimm aus? Wie viel Kinder sind das denn?"

„Vier", sagte Wißler.

„Und die Mutter?"

„Tot. Der Vater ist Müllkutscher."

„Aha. Da sind die Bälger den ganzen Tag –"

„Genau so", sagte Wißler.

Der Vorsteher wendete sich ab. „Gut. Ich werde den Brief weiterleiten. In Ordnung, Wißler. Und über den Außendienst sprechen wir noch. Wie alt sind Sie eigentlich?"

„Dreiundsechzig."

„Hm", der Vorsteher zog die Uhr aus der Tasche.

„Ich habe zu tun, Wißler."

Der Alte räusperte sich. „Geben Sie mir den Brief."

„Wieso? Was wollen Sie damit?"

„Befördern." Der Vorsteher lachte, nicht ohne einen Anflug von Ärger. „Sie sind der geborene Briefträger, das muss man schon sagen! Da haben Sie den Wisch. Meinetwegen. Machen Sie damit, was Sie wollen! Geht zwar gegen die Vorschrift, aber vielleicht finden Sie ihn, den Adressaten! Außerdem, überlegen Sie mal, Wißler. Wo Sie doch neben Ihnen – nichts für ungut, Wißler –."

Im Hinausgehen faltete Wißler das Papier zusammen und steckte es zurück in das Kuvert. Kein schlechter Vorschlag, dachte er. Die alte Grotjahn. Sauber ist sie

und tüchtig. Noch gut auf den Beinen. Und allein ist sie auch.
Wißler nickte befriedigt, als er nach Dienstschluss nach Hause ging, das heißt, er ging nicht gleich nach Hause, er ging ein Haus weiter. Dort blickte er sich um, ob ihn auch niemand sähe. Dann klingelte er. Die alte Grotjahn öffnete nicht gleich. Endlich hörte Wißler sie durch den Flur kommen. Sie hatte die Ärmel hochgekrempelt. Ihr Gesicht glänzte.
„Na, was ist? Ich bin beim Backen, das siehst du doch!"
„Hast du einen Augenblick Zeit?", fragte Wißler.
„Nee, nee, erst muss der Kuchen in die Röhre. Aber du hustest ja. Du machst doch nicht wieder Außendienst?"
„Nein, nur heute. Und ich muss dich gleich sprechen."
„Was Wichtiges?"
„Ich habe einen Brief für dich", sagte Wißler.
„Für mich? Wer soll mir den schreiben? Die Enkel doch nicht?"
„So was Ähnliches", sagte Wißler.
Die alte Grotjahn legte die Stirn in Falten. Sie wusste nicht, was sie von Wißlers Andeutung halten sollte. „Na hör mal. Willst du mich noch länger hier draußen –"
„Nee, nee", sagte die Grotjahn, „komm nur 'rein, rasch."
Wißler lächelte und klopfte den Schnee von den Füßen.

Holger, Knabe im lockigen Haar

Axel Hacke

Was man Weihnachten alles zu hören bekommt

Weihnachten wird viel gesungen in Familien überall auf der Welt. Vielleicht beginnen wir mit einem der berühmtesten Verhör-Fälle, nämlich Rudolph, the red-nosed reindeer, hierzulande bekannt als Rudolf Rotznase, das Rentier. Da heißt es im Text des Liedes, Rudolf habe eine leuchtende, geradezu glühendrote Nase gehabt – und weiter:

„All of the other reindeer
used to laugh and call him names …"

Also: Alle Rentiere lachten und spotteten über ihn. Viele amerikanische Kinder aber hören Jahr für Jahr:

„Olive the other reindeer
used to laugh and call him names …"

Also gibt es da nur ein anderes Rentier namens Olive, das den Rudolf hänselt. Der Fall ist so berühmt, dass Vivian Walsh und J. Otto Seibold ein schönes Kinderbuch verfasst haben, in dem ein kleiner Hund namens Olive die Hauptrolle spielt. Olive hört das Lied und kommt in eine Identitätskrise, fühlt sich als Rentier angesprochen und bricht zum Nordpol auf, um sich für die Rentierherde des Weihnachtsmannes zu bewerben …

So gehört Olive in eine Reihe mit den vielen anderen Wesen, die aus Verhörern entstanden sind, „Gladly, the cross-eyed bear" zum Beispiel, Gladly, der schielende Bär, der seine Fantasie-Existenz dem Kirchenlied Gladly, the cross I'd bear verdankt. Und „Round John Virgin", dem dicken John Virgin, der dem englischen Text von Stille Nacht entstammt, in dem es heißt:

„Silent Night, holy night
all is calm, all is bright
round you virgin mother and child …"

(„Stille Nacht! Heilige Nacht!
Alles schläft, einsam wacht.
Nur das traute heilige Paar …")

Im deutschen Text des Liedes fühlte sich einst Holger, der kleine Bruder von Herrn D. aus Mainz, sogar persönlich besungen. Er hörte Jahr für Jahr:

„Holger, Knabe im lockigen Haar,
schlafe in himmlischer Ruh'!"

Das Holde ist als Wort dem Kind nun einmal ebenso fremd wie die Gnade, weshalb sowohl Herr K. aus München als auch Herr P. aus Trier berichten, in ihren Familien sei die Zeile von der „Gnaden bringenden Weihnachtszeit" oft als „Knaben bringende Weihnachtszeit" aufgefasst worden, was nicht ganz ohne Logik ist, bedenkt man noch die Post von Frau K., die von einer Freundin ihrer Mutter schrieb, die plötzlich abends ihren fünfjährigen Sohn beten hörte: „Maria, du bist voller Knaben."

Wie es im Himmel zugehen mag, davon machen sich viele Kinder gerade zu Weihnachten ein eigenes Bild. Zahlreiche Leser schrieben, sie hätten bei „Ihr Kinderlein kommet" statt „Hoch droben schwebt jubelnd der Engelein Chor" gehört: „Hoch droben schwebt Josef den Engeln was vor."

Wohingegen im Hause der Familie F. in Stadthagen jedenfalls das Christuskind nicht schwebte, sondern ...

Die Eheleute F. berichteten in einem gemeinsam unterzeichneten Schreiben, ihr vierjähriger Enkel Carlo habe das „Alle Jahre wieder" so vorgetragen:

„Alle Jahre wieder
kommt das Christuskind
auf die Erde nieder,
wo wir Menschen sind.
Kehrt mit seinem Segen
ein in jedes Haus,
geht auf allen Vieren
mit uns ein und aus."

„Wie alle frommen Seelen wissen, muss es heißen: ‚Geht auf allen Wegen ...'", schrieben Herr und Frau F. Aber das muss man uns ja nicht erzählen.

Dr. P. aus Greifenberg schrieb: „Unser Sohn Martin, Heiligabend 1962, knapp drei Jahre, fragte, als wir nach der ersten Strophe von „Ihr Kinderlein kommet"

Atem schöpfen wollten: ‚Wieso eigentlich in Beethovens Stall?'"
Welch' seltsame Personen an welch' seltsamen Orten da den Kindern zu Weihnachten gegenüber treten – und wie sie aussehen! Da ist der Herr Rodes, der in Wahrheit Herodes heißt – Frau H. aus Bischofsgrün berichtet von ihm.
Da ist die Julia, die in Kirchen so oft mit herzlich lautem „Hallo Julia!" gegrüßt wird, jedenfalls verstand die Enkelin von Frau M. aus München das „Hallelujah!" so.
Und da ist der bekannte Gottessohn Owi aus der Stillen Nacht: „Stille Nacht, heilige Nacht,
Gottes Sohn, Owi lacht
lieb aus deinem göttlichen Mund …"
Von dem erzählten viele.
Ja, und da wäre noch Herr K. aus München, dessen Vater in „Am Weihnachtsbaume, die Lichter brennen" die Zeile „… kein Auge hat sie kommen seh'n" Jahr für Jahr sang als: „… kein Auge hat sie und konnte seh'n."
Herrn W. aus München wollen wir nicht vergessen, dessen kleiner Bruder im Alter von fünf Jahren zwei Zeilen in „Leise rieselt der Schnee" immer missverstand. Im Original heißen sie:
„In den Herzen ist's warm,
still schweigt Kummer und Harm."
Der Bruder hörte:
„In den Herzen ist's warm,
still schweigt Kummer und Darm."

Gang über den Weihnachtsmarkt

Wilhelm Raabe

Welch ein Gang war das, den ich mit dem tollen Karikaturenzeichner in der Dämmerung des Abends machte! In wie viel Keller- und andere Fenster musste der Mensch gucken; in wie viel kleine frostgerötete Hände, die sich an den Ecken und aus den Torwegen uns entgegenstreckten, ließ er seine Viergroschenstücke gleiten! Welch ein Gang war das! Die Geister, die den alten Scrooge des Meisters Boz über die Weihnachtswelt führten, hätten mich nicht besser leiten können als Herr Ulrich Strobel. Jetzt betrachteten wir die fantastische Ausstellung eines Ladens, jetzt die staunenden, verlangenden Gesichter davor; jetzt entdeckte Strobel eine neue Idee in der Anfertigung eines Spielzeugs, jetzt ich; es war wundervoll!

An der Ecke des Weihnachtsmarktes blieben wir stehen, in das fröhliche Getümmel, welches sich dort umhertrieb, hineinblickend. Im ununterbrochenen Zuge strömte das Volk an uns vorbei: Väter, auf jedem Arm und an jedem Rockschoß ein Kind; Handwerksgesellen mit dem Schatz, den sie aus der Küche der „Gnädigen" weggestohlen hatten; ehrliche, unbeschreiblich gutmütig und dumm lächelnde Infanteristen, feine, schmucke Garde-Schützen, schwere Dragoner und „klobige" Artillerie. Hier und da wandten sich junge Mädchen zierlich durch das Getümmel; jedes Alter, jeder Stand war vertreten, ja sogar die vornehmste Welt überschritt einmal ihre närrischen Grenzen und zeigte ihren Kindern die – Freude des Volks.

Der Zeichner war auf einmal sehr ernst geworden. „Sehen Sie", sagte er, „da strömt die Quelle, aus welcher die Kinderwelt ihr erstes Christentum schöpft. Nicht dadurch, dass man ihnen von Gott und so weiter Unverständliches vorräsoniert, sie Bibel- oder Gesangbuchverse auswendig lernen lässt; nicht dadurch, dass man sie – womöglich in den Windeln – in die Kirche schleppt, legt man den Keim der wunderbaren Religion in ihre Herzen. An das Gewühl vor den Buden, an den grünen funkelnden Tannenbaum knüpft das junge Gemüt seine ersten, wahren – und was mehr sagen will, wahrhaft kindlichen Begriffe davon!"

Ich wollte eben darauf etwas erwidern, als plötzlich eine Gestalt, in einen dunklen Mantel gehüllt, ein Kind auf dem Arme tragend, an uns vorbeischlüpfen wollte. Ein Strahl der nächsten Gaslaterne fiel auf ihr Gesicht, es war die kleine Tänzerin aus der Sperlingsgasse. Ich freute mich über die Begegnung und rief sie an: „Das ist prächtig, Fräulein Rosalie, dass wir Sie begleiten; denn um die Mysterien eines Weihnachtsmarktes zu durchdringen, ist es jedenfalls nötig, ein Kind bei sich zu haben." Die Tänzerin knickste und sagte: „O, Sie sind zu gütig, meine Herren; Alfred hat mir den ganzen Tag keine Ruhe gelassen, und da kein Theater ist, so musste ich ihm doch die Herrlichkeit zeigen." – „Ja Mann", – sagte Alfred unter einer dicken Pudelmütze gar verwegen hervorschauend, „mitgehen!"

Ich stellte der Tänzerin den Nachbar Zeichner vor, und das vierblättrige Kleeblatt war bald in der Stimmung, die ein Weihnachtsmarkt erfordert. Was für ein Talent, Kinder vor Entzücken außer sich zu bringen, entwickelte jetzt der Karikaturenzeichner. Er hatte der Mutter den dicken Bengel sogleich abgenommen, ließ ihn nun gar nicht aus dem Aufkreischen herauskommen und schleppte ihn hoch auf der Schulter durch das Gewühl voran. „O ich bin Ihnen so dankbar, so dankbar, Herr Wachholder", flüsterte die kleine Tänzerin, zu deren Beschützer ich mich sehr gravitätisch aufwarf.

„Liebes Kind", sagte ich, „ein paar solcher Junggesellen wie ich und mein Freund würden solche Abende wie diesen sehr übel zubringen, wenn nicht dann ausdrücklich eine Vorsehung über sie wachte. Sie sollen einmal sehen, wie prächtig wir heute abend noch Weihnachten feiern werden – hören Sie nur, wie Alfred jubelt; sehen Sie, wie stolz und glücklich er unter der Pickelhaube vorguckt, die ihm eben Herr Strobel übergestülpt hat!"

Der Karikaturenzeichner hätte sich in diesem Augen-

blick sehr gut selbst abkonterfeien können – er tat es auch, aber später. Wundervoll sah er aus. Im Knopfloch baumelte ein gewaltiger Hampelmann, in der rechten Hand hatte er eine große Knarre, die er energisch schwenkte, während auf seinem linken Arm Alfred mit aller Macht auf eine Trommel paukte.
„Kleine Dame", sagte der Zeichner jetzt zu unserer Begleiterin, „stecken Sie mir doch einmal jene Tüte in die Rocktasche, ich komme nicht dazu. Heda, alter Wachholder", schrie er dann mich an, „gleiche ich nicht aufs Haar einer Kammerverhandlung? Rechts Knarre, links Getrommel, und für das Fassen und Einsacken der begehrten Süßigkeiten weder Kraft noch Platz!"
„Mama, der Onkel aber mal rechter Onkel!", rief der Kleine entzückt von seiner Höhe herab, als Rosalie der Anforderung Strobels nachkam und ich ebenfalls die Tasche mit allerlei füllte.
So ging es weiter, bis uns endlich die Kälte zu heftig wurde. Der Zeichner löste sich auf – wie er's nannte – und überlieferte mir die spielzeugbehangene Linke, behielt jedoch die Knarre in der Rechten, und nun ging's durch die menschen- und lichterfüllten Straßen nach Hause. Wie glänzte heute Abend die alte dunkle Sperlingsgasse! Von den Kellern bis zum sechsten Stock, bis in die kleinste Dachstube war die Weihnachtszeit eingekehrt; freilich nicht allenthalben auf gleich „fröhliche, selige, gnadenbringende" Weise. Welch einen Abend feierten wir nun! Wir ließen un-

sere kleine Begleiterin natürlich nicht zu ihrem kaltgewordenen Stübchen hinaufsteigen. War ich nicht schon auf der Universität meines famosen Punschmachens wegen berühmt gewesen? (Eine Kunst, die mir mein Vater mit auf den Lebensweg gegeben hatte.) Der Karikaturenzeichner holte einen Tannenzweig, den er auf der Straße gefunden hatte, hervor und hielt ihn ans Licht.

„Das ist der wahre Weihnachtsduft", sagte er, „und in Ermangelung eines Bessern muss man sich zu helfen wissen."

Advent

Peter Rosegger

Die Zeit schläft. Sie hat sich in die Federflaumen des Schnees oder in die Schlafhaube der Dezembernebel vermummt und fröstelt in Fieberträumen. Nur wenige Stunden des Tages schlägt sie die trüben Augen auf, erwartungsvoll ausblickend nach des Verheißenen Ankunft. Advent! – So kann's nicht bleiben, anders muss es werden; – aber wer soll denn kommen? Der Erlöser, sagt der Prediger; der Jahrlohn, sagt der Dienstbote; die Weihnachtsgabe, sagen der Arme und das Kind; die Feiertage mit dem Christbraten, sagt der Bauer.
Und – Apollo, der Sonnenwender, sagt die Zeit. Wahrhaftig, die Sonne ist lahm und siech, die vermag gar nicht mehr hoch zu steigen; sie spaziert ihre paar Stündlein des Tages dort über den beschneiten Berghalden hin und hüllt sich dicht in Nebelmäntel, dass sie sich ja nicht erkälte. Jeder Strauch hat sich eine weiße Decke über die Ohren gezogen; jeder Baum hat sich eine weiße Pelzhaube machen lassen – weiß ist sehr in der Mode. Der Teich hat sich eine tüchtige Winterfensterscheibe überfrieren lassen, der Bach hat sich einen

kristallenen Kanal gewölbt, und der Hansel hat sich ein neues Paar Handschuhe stricken lassen aus weißer Schafwolle.

Ei, wäre dem Haushahn der Schnabel verfroren! Aber kaum der Nachtwächter zur Ruhe gekommen, hebt der Hahn an zu krähen, und das ist schon um drei oder vier Uhr, und der Hansel muss sein liebes Strohnest in der Stallkammer verlassen. Es ist diesmal das Dreschen noch nicht aus; dies Jahr kommt sie spät, die Krapfengarb'. Zwei „Legen" Stroh müssen gedroschen werden vor Tags und da meint der Hansel: „Wenn wir uns aufs Stroh täten hinlegen und tüchtig und mit allem Fleiß darauf losschliefen, ob das Zeug nicht auch weich werden wollt?" Er weiß es aber gleichwohl, dass man nicht drischt, um das Stroh weichzumachen, sondern um das Korn herauszuschlagen.

Nach dem Frühstück gehen die Knechte hinaus in den Wald; auch eine oder die andere Magd, die höhere Strümpfe hat, als der Schnee tief ist, muss mit. Sie sägen Bäume um, glatt am Rand natürlich, aber kommt nur erst der Sommer, so zeigen die mannshohen Strünke, wie tief im Advent der Schnee gelegen ist. Die Ammerlinge und Häher zwitschern auf den Wipfeln ihre Winternot und kratzen Schneestaub nieder auf die Holzarbeiter, oder es stürzen ganze Schollen herab, so dass sich die Leutchen mühsam aber lachend aus dem Schneestaube wühlen müssen. Und wenn's erst stürmt, dass die gefrorenen Stämme winseln und krachen, dort

und da ein Wipfel niederfährt und der scharfe Schneestaub saust, dass der Hansel die Kathel nicht mehr sieht und nach ihr mit den Fingern muss greifen, ob sie der Wind wohl nicht schon davongetragen – so ist das ein „saggrisch verteufeltes" Brennholzschlagen.
Die daheim haben es besser. Die legen das Holz des winterstürmischen Waldes in den Ofen und spinnen Garn und singen „Frauengesänge" und erzählen sich Märchen und plaudern und kichern.
Und wie gut sie verwahrt sind! An den Scheiben der kleinen Fenster ist der Schimmel des Eises gewachsen, und von den Dachvorsprüngen weben sich die silberweißen Spangen der gefrorenen Falltropfen nieder und hinein in den Schneewall, der das Haus umgibt. Da muss dann freilich bald nachmittags der Kienspan wieder glimmen. Und am Abende knarrt die Türe, da wird draußen im Vorgelass Schnee von klingenden Schuhen geklöpfelt – Advent! Ankunft! Der Hansel ist da; der Hansel und der Seppel und der Franzel und der Toni. Ihr jungen Weiblein all mitsamt, jetzunder wird's noch lustiger bei euch in der Spinnstube.
Lodenwämser austun, die klingenden Schuhe gegen „Strohpatschen" versetzen, warm Süppplein und „Brennsterz" grüßen, das kommt jetzt dran; dann heißt es die Pfeifen stopfen – brennt's nur erst, hebt das Schäkern an, geht das Necken los, und – der Hausvater und die Hausmutter sind nicht gar allfort zugegen – bis es Schlafenszeit wird, ist mancher Rocken ver-

zaust, mancher Faden gerissen. „Sie tun's nit, und sie tun's einmal nit zusamm', die Mandeln und die Weibeln!", hat der alt' Kas-Möstel gesagt.
Aber Tageslast ist schwer gewesen, und im Stüblein sitzt sich's so warm, und die Augen sinken und sinken – Advent! Der Schlaf ist da! Die Kathel ruht in der einsamen Klause und kann nicht schlafen, weil die Tür in die Stallkammer hinaus nicht gut verriegelt ist, so trägt sich's wohl zu, dass insonderheit auch die Kathel Advent feiert.
Darf nicht gelten. Ankunft des Messias! Sagt der Prediger, und die Kirche nimmt's ernsthaft. Alltäglich, ehe noch der Morgenstern aufgeht, zieht der Mesner ein Flämmchen von der roten Ampel des Ewigen Lichts und zündet damit die Altarkerzen an. Und die Glocken läuten, bis von nah und von fernem Gebirge die Andächtigen herbeikommen durch Nacht und Nebel und auch ihre Kerzlein anbrennen in der nächtigen Kirche und ein Lied ertönen lassen, das ihnen schon der Prophet Jesias vorgesungen hat: „Tauet, Himmel, den Gerechten!"
Eine rührende Sehnsuchtsklage.
Als ich, ein Knabe noch, mit meinem Oheim einmal in die Rorate ging, fragte ich ihn unterwegs, was denn das eigentlich heiße: Tauet, Himmel, den Gerechten? Mein Oheim schwieg eine Weile, dann stand er plötzlich still: „Du fragst so närrisch. Viertausend Jahre haben sie gewartet; allerweil und in allen Enden und

Winkeln sind Leut' geboren worden, aber ein ganz Gerechter ist halt nit dabei gewesen. Wo hernehmen, wenn er aus dem Menschenvolk nicht aufsteht? Aus der Erden hat er ihn herausstampfen wollen, der alte Prophetenmann, dem schon angst ist worden in der Seel'; aus der Luft hat er ihn wollen herabziehen, und in allen Wolken hat er ihn gesucht, und so hat er einmal in einer ruhsamen Nacht, da er auf der Heid' ist gestanden, die Hände ausgestreckt gegen Himmel, und hat das Wort gerufen. – Jetzt, Bub, wenn du's nicht verstehst, anders kann ich dir es nicht ausdeuten. Lass' ich dich da stehen im Wald und geh' dir davon und sag': wart', bald komm' ich. Und ich komm' aber nicht, und du stehst eine Stund um die andere und frierst und hörst die wilden Tiere heulen – und kennst keinen Weg, und ich komm' noch immer nicht – nachher, Bub, wirst es wohl verstehen, wie dem Prophetenmann ums Herz ist gewesen."

Wir sind weiter gegangen, und nie habe ich kindlicher die Erwartung des Erlösers empfunden, als bei der selbigen Rorate.

17. Dezember

Der Maronibrater

Alfred Polgar

Der Maronibrater zählte zu den Winterfreuden der Großstadtjugend. Sein eisernes, dampfumhülltes Öfchen, aus dem es rot hervorglühte, übte gleiche Anziehungskraft auf frierende, zerlumpte, strolchende Proletarierkinder wie auf feine Kinder, die an der Hand sorgsamer Mütter und Gouvernanten gingen, so gut gefüttert wie ihre Röckchen und Handschuhe.

Der Maronibrater war ein Bild aus dem Märchenbuch der Großstadt.

Zwei Kastanien kosteten einen Kreuzer. Das war ein so unverrückbarer Preis wie etwa der der Semmel. In vielen konzentrischen Halbkreisen lagen die braunen, mild duftenden Früchte mit geschlitzter Schale auf der Ofenplatte, die großen am linken, die kleinen am rechten Flügel massiert. Tüten aus Zeitungspapier waren vorbereitet. Ineinander gesteckt sahen sie lustig aus, wie die Hütchen, die der Clown im Zirkus mit dem Kopf auffängt, eines über dem andern.

Dann waren noch Kartoffeln da auf der Ofenplatte, einen Kreuzer das Stück, inklusive Salz, das in einem eigenen winzigen Tütchen gegeben wurde. Herrlicher Schmaus! Die dicke, geröstete Schale war das Beste. Die Kartoffel war so heiß, dass man jeden Bissen erst eine Zeit lang im offenen Mund auskühlen lassen musste. Auch Bratäpfel gab es beim Maronibrater, die dufteten wie Weihnachten. Auf der geplatzten Schale standen dicke, zuckersüße Tröpfchen, und wo nur ein kleiner Spalt an der Außenseite der Frucht war, dort quoll in weißen Schaumperlen der Saft hervor. Wo die Äpfel auf der Ofenplatte gelegen hatten, dort waren sie ganz schwarz, verbrannt. Aber gerade das schmeckte am köstlichsten. Einen Kreuzer kostete das Stück.

Der Maronibrater stand über sein Öfchen gebeugt und ordnete die Herrlichkeiten, wendete die Kartoffeln und Äpfel, dass sie gerechterweise überall gleichmäßig erhitzt würden, drehte Papiertüten, schob Kohle unter den Rost. Er trug gewöhnlich eine krümelige schwarze Pelzmütze. Der Hauch aus seinem Munde mengte sich mit dem Dampf, der von der Eisenplatte aufstieg, und sein Gesicht leuchtete feuerrot vom Glutwiderschein durch den Nebel. Wenn er gar nichts zu tun hatte, steckte er die Hände in die Taschen – ganz vornehme Maronibrater trugen einen Muff –, trat von einem Fuß auf den andern und rief: „Heiße Maroni!", auch wenn weit und breit kein Passant in Sicht war.

Meistens aber hatte der Maronibrater Gesellschaft. Der Dienstmann und die Hökersfrau und der Droschkenkutscher wärmten sich die Hände über seinem

gastlichen Feuer und besprachen die Härte der Zeiten. Was man so damals „harte Zeiten“ nannte! Es war ein Stück häuslichen Idylls auf der winterlichen Straße, aufgebaut um das heilige Zentrum nordischer Geselligkeit: den Herd, den Ofen, die Flamme.
Heute hat der Maronibrater keine Kohlen, sondern heizt mit Holztrümmern. Auf seiner Ofenplatte liegen keine Kastanien und keine Kartoffeln, sondern Haselnüsse; und acht Stück der armseligen Dingerchen kosten zwanzig Heller! Es gibt auch Äpfel, zwanzig Heller das Stück. Verschrumpelte, kleine, unappetitliche Exemplare. Nicht gebraten, nur heiß gemacht. Die Kinder haben kein Interesse mehr für den Maronibrater und der Maronibrater keines für die Kinder. Er hat weder Pelzmütze noch Muff. In den ersten Abendstunden schon löscht er sein armseliges Feuerchen und legt den Ofen an eine eiserne Kette, damit er nicht von Dieben fortgeschleppt werden könne.
Die dürfen heute auch nicht wählerisch sein.
Mir ist nicht um den Maronibrater leid, sondern um die Kinder. Sie wachsen in einer Stadt auf, die ihnen, wohin sie blicken, nur ein vergrämtes, finsteres, hartes Gesicht zeigt. Sie sind arm geworden. Auch in des Wortes Sinn: arm. Das Zehnhellerstück war Reichtum in der Hand des Großstadtkindes; es barg romantische Möglichkeiten. Heute gibt's dafür: vier Haselnüsse.
Oder eine Extraausgabe.

Das Weihnachtsfest war nahe

Marie von Ebner-Eschenbach

Das Weihnachtsfest war nahe, wir konnten die Tage bis zum 24. Dezember schon an den Fingern abzählen, als sich etwas begab, das uns in die größte Aufregung versetzte. Vor unsern Nasen gleichsam verschwanden unsere Puppen. Auf einmal waren alle fort. Eine vollständige Puppenauswanderung hatte stattgefunden. Das Bett, in das Fritzi gestern noch ihre älteste Tochter, die große Christine, schlafen gelegt hatte – leer. Die Angehörigen Christinens hinweggefegt, als ob sie nie dagewesen wären. Meine blonde Fanchette, die freilich von der Blondheit nur noch den Ruf besaß – denn eine geduldige Friseurin war ich nicht –, ebenfalls unauffindbar. Wir kramten vergeblich nach ihr in unsern Laden, durchforschten alle Schränke und Winkel. Wir liefen ins Kinderzimmer und klagten die armen kleinen Brüder des Raubes unserer Puppen an. Dass wir auch im vorigen Jahre kurze Zeit vor Weihnachten denselben Jammer erlebt und dann unter dem Christbaum ebenso viele Puppen, als wir vermisst hatten, mit glänzend lackierten Gesichtern, reichem Gelock

und schön gekleidet sitzen sahen, fiel uns nicht ein. Oh, wir waren dumme Kinder! Ich glaube nicht, dass es heutzutage noch so dumme Kinder gibt.
Pepinka, ärgerlich über die Nachgrabungen, die wir nun auch in dem von ihr beherrschten Reiche zu unternehmen begannen, ließ sich zu einem unvorsichtigen Worte hinreißen. „Geht, geht! Sucht eure Puppen dort, wo sie sind."
„Weißt du, wo sie sind? … Ja, ja, du weißt es! Wo sind sie?" Wir ließen nicht nach, gaben ihr keine Ruhe, bis sie endlich, um uns loszuwerden, sagte: „Die kleine Greislerin hat sie gestohlen. Grad ist sie mit der Christine über die Gasse gelaufen."
Gestohlen also! Unsere Kinder gestohlen! Durch die kleine Greislerin – oh, das leuchtete uns ein. Der konnte man alles Schlechte zutrauen. Ihre Mutter hatte einen Laden, gerade unter einem der Fenster des Kinderzimmers. Wir kauften dort die Glas- und Steinkugeln, mit denen wir eine Art Kriegsspiel spielten. Von der Mutter erhielten wir immer fünf Stück für einen Kreuzer, von der Tochter nur drei. Genügte das nicht, um uns ein Licht aufzustecken über das ganze Wesen dieser Person? Sie, natürlich, war die Puppenentführerin, sie lief herum mit der Christine, an ihr musste Rache genommen werden. Es musste! Ich war Feuer und Flamme dafür, und es gelang mir, meine Schwester davon zu überzeugen. Auch die sanfteste Mutter kann grausam werden, wenn es Kindesraub zu bestrafen

gilt. Am liebsten würden wir die Missetäterin durchgeprügelt haben – woher aber die Gelegenheit dazu nehmen? Sie bei der Frau Greislerin verklagen? Ach, die tut ihr nichts, die fürchtet sich selbst vor ihr. Was also soll geschehen? Was für ein Gesicht soll unsere Rache haben? Ein schwarzes!, machten wir endlich aus. Es war beschlossen, was der Diebin geschehen soll: Wir werden ihr Tinte auf den Kopf gießen.

Pepi war ins Nebenzimmer zu den Kleinen gegangen und hatte die Tür geschlossen; wir glaubten unser nichtsnutziges Vorhaben ungestört ausführen zu können. Ich holte eilends das Fläschchen herbei, das unsern Tintenvorrat enthielt; wir schoben in das Fenster, unter dem der Greislerladen sich befand, einen Schemel und bestiegen ihn. Fritzi öffnete den inneren Fensterflügel und mit Mühe nur ein wenig den äußeren, und ich steckte den mit der Tintenflasche bewaffneten Arm durch den Spalt. Jetzt – hinunter mit dem Guss! Hinunter auf die Greislerin, die natürlich nichts Besseres zu tun hat, als dazustehen und ihm ihr schuldiges Haupt darzubieten.

Die spanische Armada war einst nicht siegesgewisser ausgezogen als wir zu unserer Unternehmung – und ihr Schicksal teilten wir. Die Elemente erhoben sich wider uns. Es stürmte an dem Tage im Rotgässchen wie anno 1588 auf dem Atlantischen Ozean, und noch dazu gab's ein Gestöber von weichem Schnee. Ein Windstoß entriss meiner Schwester den Fensterflügel und schlug ihn gleich darauf so schnell wieder zu, dass ich kaum Zeit hatte, meinen ausgestreckten Arm zurückzuziehen und das Tintenfläschchen vor dem Sturze zu retten. Sein Inhalt übersprühte die Glasscheibe, tropfte, mit Schnee und Regen vermischt, vom Fenstersimse herab, umhüllte meine Finger mit der Farbe der Trauer.

Laut und lebendig gestaltete sich der Schluss des ganzen Abenteuers. Pepinka musste etwas von unserm Treiben vernommen haben, denn plötzlich stürzte sie herbei. Ihr Antlitz glich dem rot aufgehenden Monde, ihre Haubenbänder flogen – ich weiß noch recht gut, dass sie eidottergelb waren.

„Ihr Verdunnerten!“, rief sie. „Jesus, Maria und Josef! Fenster aufreißen, mitten im Winter! Was fällt euch ein, ihr, ihr …“ Der Rest sei Schweigen. Mögen die Ehrentitel, mit denen sie uns ausstattete, der Vergessenheit anheimfallen. Sie bildeten eine relativ milde Einleitung zu den in prophetischem Tone ausgesprochenen Worten: „Ihr könnt euch freuen. Gleich wird die Polizei über euch kommen!“

Da war mit einem Mal alles erloschen, jeder Funke des Hasses gegen die Greislerin und bis aufs letzte Flämmchen unsere lodernde Racheglut. Nur noch einen heißen Wunsch hatten wir, nur mit einer Bitte bestürmten wir Pepinka: Nur die Polizei nicht hereinlassen! Nur der Polizei nicht erlauben, dass sie komme, uns „einzuführen“!

Das Silberpferd steht im verschneiten Wald

Erwin Strittmatter

Der Winter holte Atem. Vor Weihnachten hob er seine Schneedecke und sah nach, ob darunter schon alles erfroren wäre. Bis auf die zähe Vogelmiere im Garten und einige Büschel Schafschwingel auf dem Kiesberg war alles erfroren Der Schafschwingel hatte im Schutze der Haselbüsche den weißen Tod überstanden. Er zitterte im Winde. Pedro gierte über den Koppelzaun. Ich ließ ihn hinaus.

„Hol dir die Hälmchen! Bleib in der Nähe!"

Der Hengst stürzte sich auf das spärliche Graugras.

Kaum saß ich vor meiner Schreibarbeit und begann mich mit meinem Romanhelden über sein letztes Abenteuer zu unterhalten, da sah ich den Hengst durch das Wiesental stieben. Renn nur, dacht ich, gleich wirst du am Bach sein. Die Welt hat auch solche Zäune.

Der Bach war zugefroren. Eine Schneedecke lag auf dem dünnen Eis. Pedro sah darin kein Hindernis für seinen Freiheitsgalopp. Die Eisdecke brach. Klatschklirr, mein Hengst verschwand im Bach. Eine Weile war nichts von ihm zu sehn. Das jenseitige Bachufer ist steil. Ich wurde unruhig und lief hinaus. Ein Pladdern und Rauschen, als ob eine Schar Wildenten vom Wasser aufstiege: Der Hengst sprang aus dem Bach. Pedro sah verwundert in die Welt. Sein Schwanz war durchnäßt und dünn wie der Schnurrbart des Postboten, wenn es regnet. Pedro schüttelte sich, feuerte nach einem unsichtbaren Feind aus, galoppierte wieder an, durchquerte das Wiesental und verschwand im dichten Wald.

Ich schwang mich aufs Fahrrad. Im Wald lag der Schnee noch dick. Ich mußte zu Fuß weiter. Eine Naht aus Hengsttapfen führte durch eine Schneise. Die Eichelhäher erzählten aufgeregt vom „hornlosen Hirsch", der schnaubend durch den Wald stampfte. Aus der Schneise führte die Hengstspur in den Hochwald. Ich konnte ablesen, wo Pedro getrottet, getrabt, galoppiert war oder wo er gestanden und gerupft hatte.

Nach einer Viertelstunde führte die Hengstspur wieder zur Schneise, ging dort eine Weile geradeaus und schwenkte dann nach links heraus. Ich schwitzte, stampfte durch den Schnee und gelangte nach einiger Zeit wieder auf die Schneise. So durchlief ich vier von Pedros Suchkreisen Diese Kreise wurden größer und größer. Der letzte stieß auf eine zweites Schneise, aus der wir einmal Holz abgefahren hatten. Auf dem Platz, an dem wir unsere Fuhre geladen hatten, stand Pedro und rupfte Heidekraut. Das Bachwasser

war in seinem dichten Winterhaar zu Eiskristallen erstarrt. Ein Grauschimmel stand im Wald. Der Winter hatte den Hengst in seine Waldgemächer gelockt und verzaubert. Pedro warf den Kopf hoch, brummelte in Wiedersehensfreude, ließ sich packen und ging wie ein Schaf nach Hause.
Hätte der Hengst ohne mich heimgefunden? Ja. Wie die Brieftauben in der Luft, so trieb Pedro es auf der Erde. Werden die Tauben an einem unbekannten Ort aufgelassen, so ziehen sie Spiralenkreise. Sie erweitern die Kreise, bis eine der Kreislinien auf einen Ort stößt, den sie kennen. Von diesem Ort fliegen sie stracks in den Heimatschlag. Ich hätte mich nicht um Pedro zu sorgen brauchen. Er ist ein Brieftauben-Pferd.

Der Weihnachtsspatz

Rolf Krenzer

Als vor vielen Jahren Gott einen Engel zu Maria schickte, um ihr zu sagen, dass sie Gottes Sohn zur Welt bringen sollte, da saß zufällig ein kleiner Spatz auf der Fensterbank und hörte alles mit an. Weder Maria noch der Engel hatten den Spatz gesehen. Und so wäre er am liebsten gleich wieder unbemerkt davongeflogen. Als er aber hörte, dass der König des Himmels und der Erde bald geboren werden sollte, da schlug ihm sein kleines Spatzenherz bis hoch zum Hals hinauf, und er blieb stocksteif sitzen, bis der Engel davongeflogen war.

Zuerst konnte es der kleine Spatz kaum fassen, was er da gehört hatte. Dann aber wuchs in ihm die Freude so sehr, dass er davonflog und allen Menschen von der Botschaft des Engels erzählen wollte. Er flog durch die Straßen der kleinen Stadt Nazaret.

Er ließ sich auf dem Korb nieder, in dem die Marktfrau Korn für Mehl und Brot anbot.

„Ich will dir ein wunderschönes Geheimnis verraten!", tschilpte der Spatz froh und hüpfte aufgeregt von einem Bein auf das andere. Doch die Marktfrau rief

ärgerlich: „Die Spatzen werden auch immer zudringlicher!" So jagte sie ihn davon, ohne ihm zuzuhören.
Da flog der Spatz weiter zu den Lehrern und Ältesten, die im Schatten eines großen Baumes standen und viel nachdachten und noch mehr redeten.
„Gott hat Großes vor!", zwitscherte der Spatz und ließ sich auf einem Zweig ganz dicht über den Männern nieder. Doch die Lehrer und Ältesten blickten nur einmal kurz zu ihm hoch und beachteten ihn dann nicht weiter. Sie merkten nicht einmal, dass er immer noch da war und wieder aufgeregt von einem Bein auf das andere hüpfte.
Da schüttelte der Spatz enttäuscht seinen Kopf und flog weiter bis zur Hauptstadt des Landes. Er flog durch das große Fenster mitten in das Königsschloss hinein und ließ sich auf dem goldenen Thron direkt neben dem König nieder.
„Gottes Sohn wird geboren!", zwitscherte er überglücklich. „Und er wird der Herr des Himmels und der Erde sein!"
„Jagt diesen frechen Spatz fort!", rief der König ärgerlich, der kein Wort von dem verstand, was der Spatz sagte.
Da rannten die Diener und die Palastwachen hinter dem Spatz her und wollten ihn fangen. Ängstlich flog der Spatz davon. Doch das große Fenster war inzwischen geschlossen worden. So flog er von einem Zimmer zum nächsten. Und die Diener und Wachen liefen hinter ihm her und schrien: „Haltet ihn! Haltet ihn!"

Im allerletzten Zimmer stand ein kleines Fenster noch einen winzigen Spalt breit auf. Mit dem Mut der Verzweiflung flog der Spatz darauf zu. So gelang es ihm, noch schnell durch den winzigen Spalt in die Freiheit zu schlüpfen, bevor die Wachen und Diener ihn packen konnten.
„Gerettet! Ich bin gerettet!", zwitscherte er fröhlich, als er hoch in den blauen Himmel hineinflog. Er flog so lange weiter, bis er tief unter sich viele Kinder erblickte. Sie spielten miteinander und freuten sich über den frisch gefallenen Schnee.
„Die Kinder werden mich bestimmt verstehen!", rief der Spatz und flog gleich zu ihnen hin.
Und wirklich! Kaum sahen die Kinder den kleinen Spatz, stellten sie sich ganz dicht um ihn herum und betrachteten ihn voller Freude.
„Ich will euch das schönste Geheimnis erzählen!", zwitscherte der Spatz und legte sein Köpfchen ein wenig zur Seite.
„Wie hübsch er ist!", riefen die Kinder und freuten sich, dass er zu ihnen geflogen war.
„Gott schickt seinen Sohn zur Welt!", rief der kleine Spatz und gab sich die allergrößte Mühe, so deutlich wie möglich zu zwitschern.
„Hört nur, wie er tschilpt!", riefen die Kinder.
„Vielleicht will er uns etwas sagen!"
„Vielleicht hat er Hunger!", meinte ein Mädchen und warf dem Spatz dicke Kuchenkrümel hin.

Doch der Spatz hatte keinen Hunger. Es war doch so wichtig, was er den Kindern sagen wollte. Ganz aufgeregt schlug er mit seinen Flügeln.
„Schade, dass wir dich nicht verstehen", sagte ein Junge und wollte den Spatz ein bisschen streicheln.
Da merkte der Spatz, dass die Kinder ihn auch nicht verstehen konnten.
Er flog wieder davon und immer weiter in die Welt hinaus. Immer noch war er so voller Freude, dass er fast fürchtete, platzen zu müssen, wenn er sein Geheimnis nicht endlich mit anderen teilen konnte. Wie tat das weh, als er einsehen musste, dass ihn die Leute nicht verstanden und sich auch keine Mühe gaben, ihn zu verstehen. Viele jagten ihn einfach davon.
Nicht einmal die Kinder konnten ihn verstehen.
So kam es, das die Menschen, die Erwachsenen und die Kinder, nichts von dem erfuhren, was in Betlehem geschehen sollte. Deshalb war auch keiner damals, als Maria und Josef arm nach Betlehem kamen, bereit, ihnen eine Unterkunft zu geben. Nein, keiner wusste etwas davon, was in der Heiligen Nacht im Stall von Betlehem geschehen sollte. Nur der kleine Spatz wusste Bescheid. So rief er schließlich alle anderen Spatzen zusammen und erzählte es ihnen. Wie freute sich der kleine Spatz, als ihm so viele zuhörten und er sah, wie sehr sie sich darüber freuten. Dann flogen die Spatzen davon und erzählten es den anderen Tieren weiter, was sie gehört hatten und was sie nun so froh machte.

Da wussten es bald alle Tier. Die Eulen, die Raben und die Schwalben, die Schafe und die Ziegen, die Esel und auch der Ochse im Stall der Krippe. So breitete sich große Freude unter den Tieren aus, und alle warteten sehnsüchtig auf den Tag, an dem Gottes Sohn zur Welt kommen sollte.

Wie war der Esel froh, als er Maria mit dem Kind in ihrem Bauch von Nazaret nach Betlehem tragen durfte.

Wie dankbar war der Ochse, als endlich der kleine Jesus neben ihm in der Krippe lag.

Wie freuten sich die Schafe, als endlich auch die Hirten von den Engeln die Botschaft erfuhren.

Die Menschen liefen zum Stall mit der Krippe. Aber viele Tiere waren schon lange vor ihnen da und hatten Gottes Sohn längst begrüßt, bevor die Menschen zu ihm kamen.

Oben auf dem Dach des Stalls aber saß der kleine Spatz, der alles zuerst gehört hatte. Zusammen mit den anderen Spatzen saß er da und tschilpte und zwitscherte am allerlautesten.

So sehr freute er sich.

So dürfen bis heute kleine Weihnachtsvögel auf dem Adventskranz oder mitten im Weihnachtsbaum sitzen. Manche sind aus Holz geschnitzt, andere aus Glas geblasen oder aus Ton geformt. Und wir freuen uns jedes Jahr wieder neu, wenn wir sie entdecken. Wir freuen uns mit ihnen.

Geschenke sollen Freude machen

Ephraim Kishon

Damit Klarheit herrscht: Geld spielt bei uns keine Rolle, solange wir noch Kredit haben. Die Frage ist, was wir einander zu den vielen Festtagen des Jahres schenken sollen. Wir beginnen immer schon Monate vorher an Schlaflosigkeit zu leiden. Der Plunderkasten „Zur weiteren Verwendung" kommt ja für uns selbst nicht in Betracht. Es ist ein fürchterliches Problem.

Vor drei Jahren, zum Beispiel, schenkte mir meine Frau eine komplette Fechtausrüstung und bekam von mir eine zauberhafte Stehlampe. Ich fechte nicht.

Vor zwei Jahren verfiel meine Frau auf eine Schreibtischgarnitur aus karrarischem Marmor – samt Briefbeschwerer, Brieföffner, Briefhalter und Briefmappe –, während ich sie mit einer zauberhaften Stehlampe überraschte. Ich schreibe keine Briefe.

Voriges Jahr erreichte die Krise ihren Höhepunkt, als ich meine Frau mit einer zauberhaften Stehlampe bedachte und sie mich mit einer persischen Wasserpfeife. Ich rauche nicht.

Dieses Jahr trieb uns die Suche nach passenden Geschenken beinahe in den Wahnsinn. Was sollten wir einander noch kaufen? Gute Freunde informierten mich, dass sie meine Frau in lebhaftem Gespräch mit einem Grundstücksmakler gesehen hätten. Wir haben ein gemeinsames Bankkonto, für das meine Frau auch allein zeichnungsberechtigt ist. Erbleichend nahm ich sie zur Seite:
„Liebling, das muss aufhören. Geschenke sollen Freude machen, aber keine Qual. Deshalb werden wir uns nie mehr den Kopf darüber zerbrechen, was wir einander schenken sollen. Ich sehe keinen Zusammenhang zwischen einem Feiertag und einem schottischen Kilt, den ich außerdem niemals tragen würde. Wir müssen vernünftig sein, wie es sich für Menschen unseres Intelligenzniveaus geziemt. Lass uns jetzt ein für allemal schwören, dass wir einander keine Geschenke mehr machen werden."
Meine Frau fiel mir um den Hals und nässte ihn mit Tränen der Dankbarkeit. Auch sie hatte an eine solche Lösung gedacht, hatte nur nicht gewagt, sie vorzuschlagen. Jetzt war das Problem für alle Zeiten gelöst. Gott sei Dank.
Am nächsten Tag fiel mir ein, dass ich meiner Frau zum bevorstehenden Fest doch etwas kaufen müsste. Als erstes dachte ich an eine zauberhafte Stehlampe, kam aber wieder davon ab, weil unsere Wohnung durch elf zauberhafte Stehlampen nun schon hinläng-

lich beleuchtet ist. Außer zauberhaften Stehlampen wüsste ich aber für meine Frau nichts Passendes, oder höchstens ein Brillantdiadem – das einzige, was ihr noch fehlt. Einem Zeitungsinserat entnahm ich die derzeit gängigen Preise und ließ auch diesen Gedanken wieder fallen.

Zehn Tage vor dem festlichen Datum ertappte ich meine Frau, wie sie ein enormes Paket in unsere Wohnung schleppte. Ich zwang sie, es auf der Stelle zu öffnen. Es enthielt pulverisierte Milch. Ich öffnete jede Dose und untersuchte den Inhalt mit Hilfe eines Siebs auf Manschettenknöpfe, Krawattennadeln und ähnliche Fremdkörper – ich fand nichts. Trotzdem eilte ich am nächsten Morgen, von unguten Ahnungen erfüllt, zur Bank. Tatsächlich: meine Frau hatte 260 Pfund von unserem Konto abgehoben, auf dem jetzt nur noch 80 Aguroth verblieben, die ich sofort abhob. Heißer Zorn überkam mich. Ganz wie du willst, fluchte ich in mich hinein. Dann kaufe ich dir also den Astrachanpelz, der uns ruinieren wird. Dann beginne ich jetzt Schulden zu machen, zu trinken und Kokain zu schnupfen. Ganz wie du willst.

Gerade als ich nach Hause kam, schlich meine Frau, abermals mit einem riesigen Paket, sich durch die Hintertüre ein. Ich stürzte auf sie zu, entwand ihr das Paket und riss es auf – natürlich: Herrenhemden. Eine Schere ergreifen und die Hemden zu Konfetti zerschneiden, war eins.

„Da – da!", stieß ich keuchend hervor. „Ich werde dich lehren, feierliche Schwüre zu brechen!"
Meine Frau, die soeben meine Hemden aus der Wäscherei geholt hatte, versuchte einzulenken. „Wir sind erwachsene Menschen mit hohem Intelligenzniveau", behauptete sie. „Wir müssen Vertrauen zueinander haben. Sonst ist es mit unserem Eheleben vorbei."
Ich brachte die Rede auf die abgehobenen 260 Pfund. Mit denen hätte sie ihre Schulden beim Friseur bezahlt, sagte sie. Einigermaßen betreten brach ich das Gespräch ab. Wie schändlich von mir, meine kleine Frau, die beste Ehefrau von allen, so völlig grundlos zu verdächtigen.
Das Leben kehrte wieder in seine normalen Bahnen zurück.
Im Schuhgeschäft sagte man mir, dass man die gewünschten Schlangenlederschuhe für meine Frau ohne Kenntnis der Fußmaße nicht anfertigen könne, und ich solle ein Paar alte Schuhe als Muster bringen. Als ich mich mit dem Musterpaar unterm Arm aus dem Haustor drückte, sprang meine Frau, die dort auf der Lauer lag, mich hinterrücks an. Eine erregte Szene folgte.
„Du charakterloses Monstrum!", sagte meine Frau. „Zuerst wirfst du mir vor, dass ich mich nicht an unsere Abmachung halte, und dann brichst du sie selber! Wahrscheinlich würdest du mir auch noch Vorwürfe machen, weil ich dir nichts geschenkt habe ..."

So konnte es nicht weitergehen. Wir erneuerten unseren Eid. Im hellen Schein der elf zauberhaften Stehlampen schworen wir uns zu, bestimmt und endgültig keine Geschenke zu kaufen. Zum ersten Mal seit Monaten zog Ruhe in meine Seele ein.

Am nächsten Morgen folgte ich meiner Frau heimlich auf ihrem Weg nach Jaffa und war sehr erleichtert, als ich sie ein Spezialgeschäft für Damenstrümpfe betreten sah. Fröhlich pfeifend kehrte ich nach Hause zurück. Das Fest stand bevor, und es würde keine Überraschungen geben. Endlich!

Auf dem Heimweg machte ich einen kurzen Besuch bei einem mir befreundeten Antiquitätenhändler und kaufte eine kleine chinesische Vase aus der Ming-Periode. Das Schicksal wollte es anders. Warum müssen die Autobusfahrer auch immer so unvermittelt stoppen. Ich versuchte die Scherben zusammenzuleimen, aber das klappte nicht recht. Um so besser. Wenigstens kann mich meine Frau keines Vertragsbruches zeihen.

Meine Frau empfing mich im Speisezimmer, festlich gekleidet und mit glückstrahlendem Gesicht. Auf dem großen Speisezimmertisch sah ich, geschmackvoll arrangiert, einen neuen elektrischen Rasierapparat, drei Kugelschreiber, ein Schreibmaschinenfutteral aus Ziegenleder, eine Schachtel Skiwachs, einen Kanarienvogel komplett mit Käfig, eine Brieftasche, eine zauberhafte Stehlampe, einen Radiergummi und ein

Koffergrammofon (das sie bei dem alten Strumpfhändler in Jaffa unter der Hand gekauft hatte).
Ich stand wie gelähmt und brachte kein Wort heraus. Meine Frau starrte mich ungläubig an. Sie konnte es nicht fassen, dass ich mit leeren Händen gekommen war. Dann brach sie in konvulsivisches Schluchzen aus:
„Also so einer bist du. So behandelst du mich. Einmal in der Zeit könntest du mir eine kleine Freude machen – aber das fällt dir ja gar nicht ein. Pfui, pfui, pfui. Geh mir aus den Augen. Ich will dich nie wieder sehen ..."
Erst als sie geendet hatte, griff ich in die Tasche und zog die goldene Armbanduhr mit den Saphiren hervor.
Kleiner, dummer Liebling.

Der Wunschzettel

Karl Heinrich Waggerl

Kurz vor dem Fest, sinnigerweise am Tag des ungläubigen Thomas, musste der Wunschzettel für das Christkind geschrieben werden, ohne Kleckse und Fehler, versteht sich, und mit Farben sauber ausgemalt. Zuoberst verzeichnete ich anstandshalber, was ja ohnehin von selber eintraf, die Pudelhaube oder jene Art von Wollstrümpfen, die so entsetzlich bissen, als ob sie mit Ameisen gefüllt wären. Darunter aber schrieb ich Jahr für Jahr mit hoffnungsloser Geduld den kühnsten meiner Träume, den Anker-Steinbaukasten, ein Wunderwerk nach allem, was ich davon gehört hatte. Ich glaube ja heute noch, dass sogar die Architekten der Jahrhundertwende ihre Eingebungen von dorther bezogen haben.

Aber ich selber bekam ihn ja nie, wahrscheinlich wegen der ungemein sorgfältigen Buchhaltung im Himmel, die alles genau verzeichnete, gestohlene Zuckerstücke und zerbrochene Fensterscheiben und ähnliche Missetaten, die sich durch ein paar Tage auffälliger Frömmigkeit vor Weihnachten auch nicht mehr abgelten ließen.

Wenn mein Wunschzettel endlich fertig vor dem Fenster lag, musste ich aus brüderlicher Liebe auch noch den für meine Schwester schreiben. Ungemein zungenfertig plapperte sie von einer Schlafpuppe, einem Kramladen – lauter albernes Zeug. Da und dort schrieb ich wohl ein heimliches „Muss nicht sein" dazu, aber vergeblich. Am Heiligen Abend konnte sie doch eine Menge von Früchten ihrer Unverschämtheit ernten.

Der Vater, als Haupt und Ernährer unserer Familie, brauchte natürlich keinen Wunschzettel zu liefern. Für ihn dachte sich die Mutter in jedem Jahr etwas Besonderes aus. Ich erinnere mich noch an ein Sitzkissen, das sie ihm einmal bescherte, ein Wunderwerk aus bemaltem Samt, mit einer Goldschnur eingefasst. Er bestaunte es auch sehr und lobte es überschwänglich, aber eine Weile später schob er es doch heimlich wieder zur Seite. Offenbar wagte es nicht einmal er, auf einem röhrenden Hirschen zu sitzen, mitten im Hochgebirge.

Für uns Kinder war es hergebracht, dass wir nichts schenken durften, was wir nicht selber gemacht hatten. Meine Schwester konnte sich leicht helfen, sie war ja immerhin ein Frauenzimmer und verstand sich auf die Strickerei oder sonst eine von diesen hexenhaften Weiberkünsten, die mir zeitlebens unheimlich gewesen sind. Einmal nun dachte auch ich etwas Besonderes zu tun. Ich wollte den Nähsessel der Mutter mit Kufen versehen und einen Schaukelstuhl daraus

machen, damit sie ein wenig Kurzweil hätte, wenn sie am Fenster sitzen und meine Hosen flicken musste.
Heimlich sägte ich also und hobelte in der Holzhütte, und es geriet mir alles vortrefflich. Auch der Vater lobte die Arbeit und meinte, es sei eine großartige Sache, wenn es uns nur auch gelänge, die Mutter in diesen Stuhl hinein zu locken.
Aber aufgeräumt, wie sie am Heiligen Abend war, tat sie mir wirklich den Gefallen. Ich wiegte sie, sanft zuerst und allmählich ein bisschen schneller, und es gefiel ihr ausnehmend wohl. Niemand merkte jedenfalls, dass die Mutter immer stiller und blasser wurde, bis sie plötzlich ihre Schürze an den Mund presste – es war durchaus kein Gelächter, was sie damit ersticken musste. Lieber, sagte sie hinterher, weit lieber wollte sie auf einem wilden Kamel durch die Wüste Sahara reiten, als noch einmal in diesem Stuhl zu sitzen kommen! Und tatsächlich, noch auf dem Weg zur Mette hatte sie einen glasigen Blick, etwas seltsam Wiegendes in ihrem Schritt.

Gefühle nach dem Kalender

Kurt Tucholsky

Eigentlich ist es ja ein bisschen merkwürdig: wenn nur noch wenige dünne Kalenderblätter den Abreißer vom 24. Dezember trennen, so senkt sich jenes weihnachtliche Gefühl auf ihn hernieder, das ihr alle kennt. Er wird ein bisschen weich, er wird ein wenig träumerisch, und wenn der ganze Apparat des Einkaufs vorbeigeklappert ist, wenn all das Tosen und Wirken vorüber ist, dann saugt er doch an seiner Weihnachtszigarre und denkt sich dies und das und allerlei. Aber wie denn? Kann man denn seine Gefühle kommandieren –? Kann man denn – nach dem Kalender – seine Empfindungen regeln?

Man kann's nicht. Der Schnurriker Mynona erzählt einmal die Geschichte vom Schauspieler Nesselgrün, dem es plötzlich einfiel, sein ihm zustehendes Weihnachten im August zu feiern – und unter unendlichem Hallo geht denn diese deplatzierte Festlichkeit auch vor sich. Aber wir haben doch gelacht, als wir das lasen. Könnten wir andern das auch? Es ist wohl nicht nur die Furcht, uns lächerlich zu machen – es muss noch etwas anderes sein.

Der Grund, dass wir wirklich – jeden Weihnachten – in jedem Jahr – immer aufs Neue imstande sind, genau um den 25. Dezember herum die gleichen starken Gefühle zu hegen, liegt doch wohl darin, dass sie sich angesammelt haben. Es muss doch irgendetwas da sein, das tropfenweise anschwillt, das ganze Jahr hindurch. Schließlich ist doch der Kalender etwas ganz Äußerliches, Relatives, wir sind in gewisser Hinsicht mit ihm verwachsen – aber die Zeit ist nicht in uns, wir sind in der Zeit. Und das kleine Blättchen, das den Vierundzwanzigsten anzeigt, ist kein Grund, es ist ein Signal und ein Anlass.

Ich habe immer das Gefühl, als ob wir jede Woche im Jahr weihnachtliche Empfindungen genug aufbrächten – aber gute Kaufleute, die wir sind, legen wir sie „in kleinen Posten" zurück, bis es sich einmal lohnt. Im Dezember ist dann das Maß meist voll.

Ist es nicht schließlich mit jedem Gedenktag so –? Warum sollen wir gerade am neunzehnten an sie denken, und warum nicht einen Tag später –? „Heute vor einem Jahr –", ach Gott, entweder wir empfinden immer, dass sie auf der Welt ist – oder wir empfindens am neunzehnten auch nur konventionell. Gefühle nach dem Kalender –: das geht nur, wenn der Kalender sie ins Rollen bringt.

Gefühle nach dem Kalender ... Wir haben alle nur keine Zeit, um gut zu sein, wie? Wir haben alle nur keine Zeit. Und müssen tausend- und tausendmal herunter-

schlucken und herunterdrücken und sind vielleicht im Grunde alle froh, allweihnachtlich einen Anlass gefunden zu haben, den gestauten Sentiments freien Lauf zu lassen. Wer erst nach dem Kalenderblatt sieht, sich vor den Kopf schlägt und „Ach, richtig!“ ruft – dem ist nicht zu helfen.
Vielleicht hat diese neue – ehemals große – Zeit manches am deutschen Weihnachtsfest geändert. Ich weiß nicht, ob's innerlicher geworden ist. Es täte uns so not – nicht aus Gründen der Religion, die jedermanns Privatsache ist – sondern aus Gründen der Kultur. Diesem Volk schlägt ein Herz, aber es liegen so viel Kompressen darauf …
Reißt sie ab. Wagt einmal (was besonders dem Norddeutschen schwer und sauer fällt), wagt einmal, geradeaus zu empfinden. Und wenn euch das Fest nach all dem, was geschehen ist, doppelt lieb, aber doppelt schwierig erscheint, dann denkt daran, wie ihr es im Feld gefeiert habt, und wo – und denkt daran, wie es ein Halt gewesen ist gegen die Lasten des äußern und innern Feindes, und wie schon das Datum, wie schon der Kalender Trost war in verdammt schwarzen Tagen. Und – weil wir hier gerade alle versammelt sind – denkt schließlich und zu guter Letzt – auch an etwas anderes.
Nach dem Kalender fühlen … Aber habt ihr einmal geliebt …? Die Damen sehen in ihren Schoß, und die Herren lächeln so unmerklich, dass ich von mei-

ner Kanzel her Mühe habe, es zu erkennen. Also ihr habt geliebt, und ihr – ich sehe keinen an – liebt noch. Nun, ihr Herren, und wenn sie Geburtstag hat? Nun, ihr Herren, und wenn der Tag auf dem Kalender steht, an dem ihr sie zum ersten Mal geküsst habt –? Nun? Ihr feiert das. Was im ganzen Jahr künstlich oder zufällig zurückgedämmt war – es bricht – wenn's eine richtige Liebe ist – elementar an solchem Tage hervor aus tiefen Quellen. Der Tag, dieser dumme Tag, der doch gleich allen anderen sein sollte, ist geheiligt und festlich und feierlich und freundlich – und ihr denkt und fühlt: sie – und nur sie. Nach dem Kalender …?
Nicht nach dem Kalender. Ihr tragt alle den Kalender in euch. Es ist ja nicht das Datum oder die bewusste Empfindung, heute müsse man nun … Es ist, wenn ihr überhaupt wisst, was ein Festtag ist, was Weihnachten ist: euer Herz.
Lasst uns einmal von dem Festtags-„Rummel" absehen, der in einer großen Stadt unvermeidlich ist, lasst uns einmal daran denken, wie Weihnachten gefeiert werden kann, unter wenigen Menschen, die sich verstehen. Das ist kein Ansichtskarten-Weihnachten. Das ist nicht das Weihnachten des vierundzwanzigsten Dezembers allein – es ist das Weihnachten der Seele. Gibt es das –?
Es soll es geben. Und gibt es auch, wenn ihr nur wollt. Grüßt, ihr Herren, die Damen, küsst ihnen leise die Hand (bitte in meinem Auftrag) und sagt ihnen, man

könne sogar seine Gefühle nach dem Kalender regeln: zum Geburtstag, zum Gedenktag – und zu Weihnachten. Aber man muss welche haben.

Zu Weihnachten

Hermann Hesse

Im Leben des Durchschnittsmenschen unserer Zeit ist das Begehen der paar allgemein gefeierten hohen Festtage eigentlich das einzige Zugeständnis ans Ideale. Er begeht die Neujahrsfeier mit einem Kopfschütteln oder sentimentalen Seufzer über die Vergänglichkeit des Lebens, die schnelle Flucht der Zeit, er feiert Ostern und Pfingsten als Feste des Frühlings- und Neuwerdens, Allerseelen mit einem Gräberbesuch. Und Weihnacht feiert er, indem er sich einen oder ein paar Ruhetage gönnt, der Frau ein neues Kleid und den Kindern ein paar Spielsachen schenkt. Mancher hat auch eine vorübergehende, resignierte Freude am Jubel der Kleinen; er betrachtet den glänzenden Christbaum mit halb wehmütiger Erinnerung an die eigene Kinderzeit und denkt beim Anblick seiner beschenkten und fröhlichen Kinder: Ja, freut euch nur und genießt es, bald genug wird das Leben euch die Freude und Unschuld nehmen.

Er fragt nicht: Ja, warum denn eigentlich? Warum scheint es mir selbstverständlich, daß „das Leben"

eine böse Macht ist, die aus dem Kinderlande in Schuld, Enttäuschung und ungeliebte Arbeit führt? Warum soll Freude und Unschuld diesem „Leben" notwendig zum Opfer fallen?
An dem Tage aber, wo er wirklich so fragt, hat er aufgehört, ein Durchschnittsmensch zu sein und hat den ersten Schritt zu einem neuen Leben getan. Und wenn er diesen Weg weitergeht, so wird ihm künftig jeder Tag seines Lebens wertvoller, inhaltreicher und bedeutender sein, als es ihm früher alle Festtage mit ihrem vergänglichen Schimmer und ihrem halbwahren bisschen Nachdenklichkeit gewesen sind. Er wird einsehen, daß es nicht „das Leben" war, das ihm Unschuld, Freude und Ideale genommen hat, und daß es unrecht und lächerlich war, das Leben dafür anzuklagen. Denn er war es selber. der sich betrog.
Denn es gibt keine „Notwendigkeit" und keinen „Zug der Zeit", der den einzelnen nötigen könnte, materielle Güter den geistigen, vergängliche den unvergänglichen vorzuziehen. Wer diese entscheidende Wahl getan hat, darf niemand als sich selbst dafür verantwortlich machen.
„Ach was", entgegnet ihr, „unsere Zeit ist nun eben nicht ideal und wir können sie uns nicht anders machen."
Ja, das ist eben die alte Phrase. die einer dem anderen nachschwatzt und die jeder meint, glauben zu müssen. Unsere Zeit sei nicht ideal! Warum nicht? Weil der Geld-

erwerb auffallender, rücksichtsloser und geschmackloser betrieben wird als früher? Aber es ist die Frage, wie man später einmal unsere Zeit beurteilen wird. Ich glaube sehr, man wird nicht sagen: es war die Zeit, da die Kohlen teurer waren, die Zeit, da der Druckknopf und die Wellenbadschaukel erfunden wurden, die Zeit der letzten Postwagen und der ersten Elektrischen. Sondern ich glaube, weit eher wird man sagen: es war die Zeit vieler Dichter, die Zeit vieler und starker religiöser Bewegungen. Das alles, was euch heute als ein angenehmer Zeitvertreib und Luxus erscheint, ja, was viele von euch schlechthin Narrheit und Schwärmerei nennen, das wird überbleiben und existieren und Wert und Geltung haben, wenn euer ganzer bitterer, ernsthafter Krieg um den Geldsack längst, längst vergessen ist.

Kennt ihr nicht Weihnachten, das Fest der Liebe? Das Fest der Freude? Anerkennt ihr die Liebe und die Freude also nicht als hohe Mächte, denen ihr besondere, heilige, vom Staat geschützte Festtage feiert? Aber wie sieht es denn bei uns mit der Liebe und mit der Freude aus? Um ein paar Tage oder höchstens Wochen im Jahr ein bisschen Freude zu haben, bringt ihr dreiviertel eures Lebens im Staub und Schweiß einer freudlosen Arbeit zu, die nicht adelt, sondern niederdrückt. Und wenn ihr dessen müde seid und ein Hunger nach Licht und Freude euch ergreift, so haben die allermeisten von euch sie nicht in sich selber zu holen, sondern müssen sie kaufen – im Theater, im

Tingeltangel, in der Kneipe. Und wie steht es mit der Liebe? Der Mann, der zehn bis zwölf Stunden für den Gelderwerb, zwei bis vier für Kneipe oder anderes Vergnügen opfert, hat für Frau und Kinder, Brüder und Schwestern nur Augenblicke übrig.
Es ist ein merkwürdiges, doch einfaches Geheimnis der Lebensweisheit aller Zeiten, dass jede kleinste selbstlose Hingabe, jede Teilnahme, jede Liebe uns reicher macht, während jede Bemühung um Besitz und Macht uns Kräfte raubt und ärmer werden lässt. Das haben die Inder gewußt und gelehrt, und dann die weisen Griechen, und dann Jesus, dessen Fest wir jetzt feiern, und seither noch Tausende von Weisen und Dichtern, deren Werke die Zeiten überdauern, während Reiche und Könige ihrer Zeit verschollen und vergangen sind. Ihr mögt es mit Jesus halten oder mit Plato, mit Schiller oder mit Spinoza, überall ist das die letzte Weisheit, daß weder Macht noch Besitz noch Erkenntnis selig macht, sondern allein die Liebe. Jedes Selbstlossein, jeder Verzicht aus Liebe, jedes tätige Mitleid, jede Selbstentäußerung scheint ein Weggeben, ein Sichberauben, und ist doch ein Reicherwerden und Größerwerden, und ist doch der einzige Weg, der vorwärts und aufwärts führt. Es ist ein altes Lied und ich bin ein schlechter Sänger und Prediger, aber Wahrheiten veralten nicht und sind stets und überall wahr, ob sie nun in einer Wüste gepredigt, in einem Gedicht gesungen oder in einer Zeitung gedruckt werden.

Quellenverzeichnis

Texte

Aus Rumänien: Der verschwundene Nikolaus, aus: Felix Karlinger, Rumänische Legenden aus der mündlichen Tradition, Salzburg 1990, S. 96 © Mit freundlicher Genehmigung des Instituts für Romanistik der Universität Salzburg

Buchna, Jörg: Alle Jahre wieder, aus: Ein Stern strahlt in der Nacht, St. Benno-Verlag, Leipzig © Alle Rechte beim Autor

Ehrhardt, Simone: Das Parfüm, aus: dies., Das wundersame Weihnachtsgeschenk © 2011 SCM Collection im SCM-Verlag GmbH & Co. KG, Witten

Hacke, Axel: Holger, Knabe im lockigen Haar, aus: ders., Der weiße Neger Wumbaba © Verlag Antje Kunstmann GmbH, München 2004

Hesse, Hermann: Zu Weihnachten, aus: Hermann Hesse, Sämtliche Werke in 20 Bände. Herausgegeben von Volker Michels. Band 13: Betrachtungen und Berichte 1899-1926. © Suhrkamp Verlag Frankfurt am Main 2003. Alle Rechte bei und vorbehalten durch den Suhrkamp Verlag Berlin

Kästner, Erich: Interview mit dem Weihnachtsmann © Thomas Kästner

Kishon, Ephraim: Geschenke sollen Freude machen, aus: Arche Noah – Touristenklasse © 1962 by LangenMüller in F.A. Herbig Verlagsbuchhandlung GmbH, München

Knapp, Andreas: Schneekristall, aus: ders., Mit Engeln und Eseln. Weise Weihnachtsgeschichten © Echter-Verlag Würzburg 2013

Kopietz, Anke: Nicky, aus: dies., Sternenzauber. Geschichten für Groß und Klein © September 2012 Anke Kopietz und Pax et Bonum Verlag, Berlin

Krenzer, Rolf: Der Weihnachtsspatz, aus: ders., Der Weihnachtsspatz. Illustriert von Vlasta Baránková. Zürich/Wien/Kiel, bohem press, 1991 © Rolf Krenzer Erben, Dillenburg

Kuhn, Henriette und Johannes: Warten lohnt sich – nicht nur im Advent! © Alle Rechte bei den Autoren

Polgar, Alfred: Der Maronibrater, aus: ders., Kreislauf. Kleine Schriften, Band 2 Copyright © 1982 Rowohlt Verlag GmbH, Reinbek bei Hamburg

Strittmatter, Erwin: Das Silberpferd steht im verschneiten Wald, aus: ders., Pony Pedro, Aufbruch Taschenbuch Verlag, Berlin 1999 © Aufbau Verlag GmbH & Co. KG, Berlin 2006; Aufbau eine Marke der Aufbau Verlag GmbH & Co. KG 1999, 2008

Waggerl, Karl Heinrich: Advent und Der Wunschzettel aus: ders., Die stillste Zeit im Jahr. Sämtliche Werke Band II © Otto Müller Verlag, Salzburg 1981

Weiand, Inken: 7. Dezember (Als Anna an diesem Morgen aufwacht), aus: dies., SMS von oben. Kindergeschichten für jeden Adventstag © 2012 Media Kern, 77948 Friesenheim-Schuttern

Wiemer, Rudolf Otto: Der Brief, aus: ders., Betlehem ist überall, Gütersloher Verlagshaus, Gütersloh 1976 © Rudolf Otto Wiemer Erben, Hildesheim

Wilson, David Henry: Warten auf Weihnachten, aus: ders., Jeremy James oder wenn Schweine Flügel hätten, übers. v. Helmut Winter. © Friedrich Oetinger Verlag, Hamburg 1979 © 1979 David Henry Wilson

Zöpfl, Helmut: Vom Sinn und Unsinn des Wartens, aus: ders., Mein großes Weihnachtsbuch, S. 80-83 © Rosenheimer Verlagshaus GmbH & Co. KG, Rosenheim 2010 ISBN: 978-3-475-54052-3

Fotos

Umschlag © stockcreations/Fotolia.de, © Jeanette Dietl/Fotolia.de (Stoffsterne); Paginierungen: © manu/Fotolia.de

Wir danken den genannten Inhabern von Text- und Bildrechten für die freundliche Erteilung der Abdruckgenehmigung. Der Verlag hat sich bemüht, alle Rechteinhaber in Erfahrung zu bringen. Für zusätzliche Hinweise sind wir dankbar.